大家學標準日本語

日語結構解密

解密

出口仁

著

檸檬樹

出版前言

「早知道,有多好!」這是看完出口仁老師的原稿之後,不自覺浮現的想法。

在台灣,在眾多外語學習之中,「日語」一直是相當熱門的一種語言。
透過補習班、網路教學、或是閱讀書籍自學…等等不同的管道,都可以進行學習。
在學習的過程中,除了基本的記憶單字之外,還必須理解各式各樣的文型和文法。

但是,卻很少有老師或書籍,會特別跟學生解釋:
「為什麼」這個句子會有這些構成元素?
「為什麼」這些文型文法的結構是如此?

少了這個「為什麼」,在學習過程中,學生們只好去「背誦」,或去「習慣」語言可能或多或少存在的「無法解釋的習慣用法」。並且抱持著莫名的疑惑,持續自學著;『期望』有一天,『只要』學得夠多了,『應該』就能夠完全通透瞭解了……。

感謝出口仁老師的這本書,讓我們知道「文型文法有原因」、「句子結構有規則」。

瞭解了「原因」與「規則」,看到類似的內容就能夠舉一反三,累積、擴展學習成效;
真的讓自己「越學越厲害」!

本書延續出口仁老師「一定會解釋原因」的教學特色,引導從最根本結構開始,一步步剖析日語的全盤面貌。全書「理論+實例+圖表」並重,希望透過淺顯易懂的說明方式,讓大家瞭解「簡短的句子」或是「複雜的句子」蘊藏文句中的日語結構規則。
真正理解 ——「日語,是怎麼樣的語言?」

希望本書,能夠成為大家學習日語時的實用工具。
希望本書,能夠陪伴大家解決自學道路上的疑難困惑。

【大家學標準日本語】系列自從 2012 年出版以來,感謝廣大讀者的迴響與支持。
作者及出版社仍然一本初衷,對每一本書投入莫大的心力。本系列若能對任何一位讀者在日語學習上有所助益,將是我們最大的期盼!

檸檬樹出版社 編輯部

作者序

　　自從西元 2000 年開始，至今我在補習班、高中、政府機關、企業，以及個人家教
…等，已經教過許多學生學習日語。我想，曾經接觸過的學生人數，應該已經超過一
萬人以上。在這些學生之中，如果要說日語學得好的人，終究還是那些明確知道自己
為什麼要學日語的人。「目的明確」不只影響學習語言，學習其他技能或是運動等，
也是同樣的道理。因為目的明確的人，不論是學習、或是練習的過程中，都能夠享受
到樂趣。

　　除此之外，我觀察這些學習日語的學生們，還察覺到另外一件事，那就是──真
正能夠流暢地說、寫日語的學生，都紮實地學習文法。如果將語言比喻為「身體」，
「語彙」是「肌肉」，「文法」是「骨骼」。即使學習很多語彙，如果支撐語彙的文
法實力不夠紮實，還是只能理解與表達簡短的內容。當然，如果只有文法，語彙量卻
貧乏不足的話，也同樣無法完善地使用日語。兼顧「語彙」和「文法」的平衡，是非
常重要的。

　　我想，應該有人覺得「日語文法非常困難」。可是，如果試著仔細觀察日語文法
的結構，就會發現「非常有規則性」。只要掌握這些文法規則，長篇文章就會變得容
易理解，也能夠完成長文的書寫或表達。學習日語本身，一定也會變得很快樂。

　　這是一本剖析日語，並詳細解說日語結構的書。我教過的學生，以台灣的學生為
主，其中男女老少都有，人數不計其數。因此，我非常瞭解學習日語的外國學生，對
於日語文法的疑問在哪裡，會在哪裡遭受挫折。為了讓學習日語時非常重要的日語結
構問題，變得容易理解，甚至能夠讓人感覺有趣，所以我撰寫了這本書。不論是現在
要開始學習日語的人，或是已經學習到某種程度，最近卻苦惱著日語能力沒有進步的
人，都請務必拿起這本書看看。對於日語結構的真相，如果你想要獲得「原來如此，
原來是這麼一回事啊！」豁然開朗的理解，推薦給你這一本書。

作者　出口仁　敬上

出口仁

でぐち
まさし

本書特色 1 —— 深入三大領域，具體學習目標

三「章」剖析日語全盤樣貌，詳述「日語，是怎麼樣的語言？」

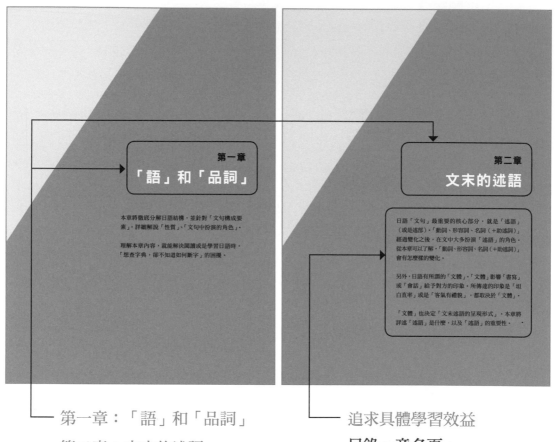

第一章
「語」和「品詞」

本章將徹底分解日語結構，並針對「文句構成要素」，詳細解說「性質」、「文句中扮演的角色」。

理解本章內容，就能解決閱讀或是學習日語時，「想查字典，卻不知道如何斷字」的困擾。

第二章
文末的述語

日語「文句」最重要的核心部分，就是「述語」（或是述部）。「動詞、形容詞、名詞（＋助述語）」經過變化之後，在文中大多扮演「述語」的角色。從本章可以了解，「動詞、形容詞、名詞（＋助述語）」會有怎麼樣的變化。

另外，日語有所謂的「文體」。「文體」影響「書寫」或「會話」給予對方的印象。所傳達的印象是「坦白直率」或是「客氣有禮貌」，都取決於「文體」。

「文體」也決定「文末述語的呈現形式」。本章將詳述「述語」是什麼，以及「述語」的重要性。

第一章：「語」和「品詞」

第二章：文末的述語

第三章：「文」的構造

追求具體學習效益

目錄、章名頁，
清楚提示各「章」「節」：

● **具體學習目標**
● **對日語學習的影響及幫助**

列舉【第一章】做說明

● 第一章「語」和「品詞」：
徹底分解日語結構，針對「文句構成要素」，詳細解說「性質」「文中扮演的角色」。
理解本章內容，就能解決閱讀及學習日語時「想查字典，卻不知道如何斷字」的困擾。
● 第一節：日語的分解───────掌握文句的「哪裡到哪裡」是一個【語彙】。
● 第二節：語分類─────────理解日語整體結構，有助【讀解】【聽解】簡單的單一文句。
● 第三節：從「語」到「部」─能【讀解】【聽解】稍複雜的單一文句，瞭解【動詞變化】功能。
● 第四節：品詞分類────────為了理解日語【文法】的必備基礎知識。

本書特色 2 ─── 各領域層層剖析

依序「章」→「節」→「項」，層層剖析，解說日語結構。

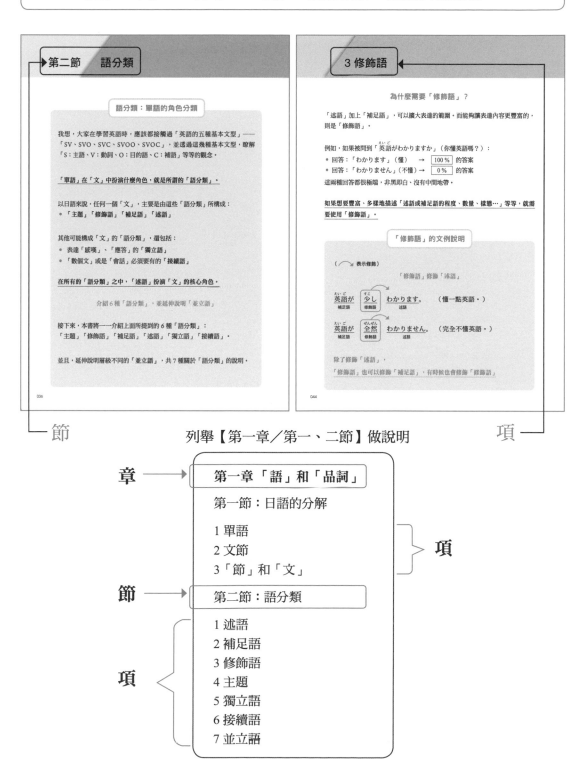

列舉【第一章／第一、二節】做說明

本書特色 3 —— 【理論＋實例】並重

淺顯說理，實例搭配；呼應理論，深層理解，立刻明白。

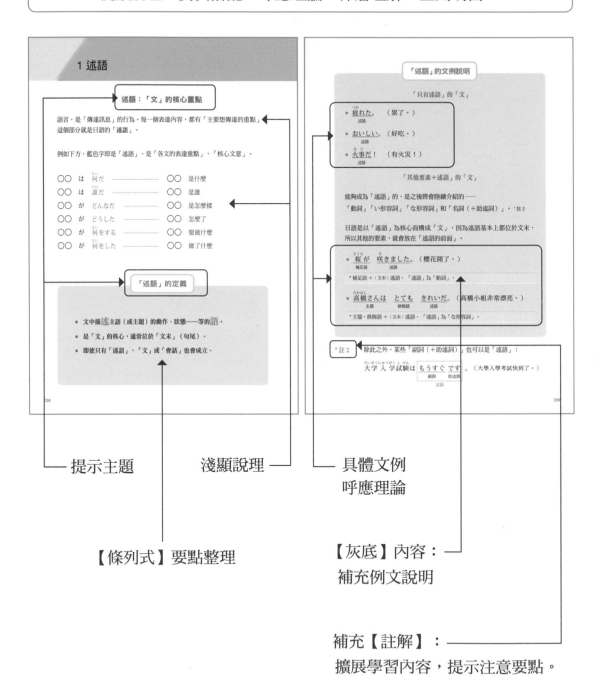

提示主題   淺顯說理   具體文例
                        呼應理論

【條列式】要點整理

【灰底】內容：
補充例文說明

補充【註解】：
擴展學習內容，提示注意要點。

本書特色 4 —— 圖表化【掌握全盤樣貌】

彙整概念，清楚圖解；內容豐富，架構清晰，學習有系統。

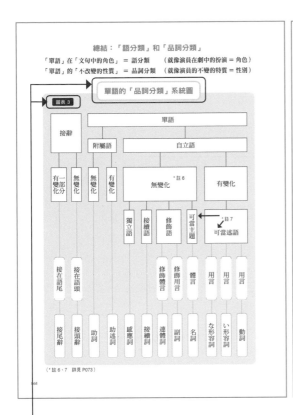

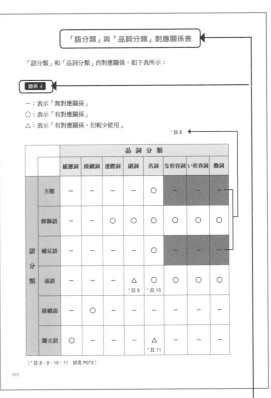

圖表 3 **單語的「品詞分類」系統圖（P068）**

從系統圖，掌握「整體架構」；詳細說明圖表內容，獲得「完整概念」！

【圖表 3】
詳細說明

> P069：日語的最小單位：「單語」和「接辭」
> P069：「單語」可以分類為「自立語」和「附屬語」
> P070：比較：「接辭」和「附屬語」
> P071：「附屬語」可以分類為「助詞」和「助述詞」

圖表 4 **「語分類」與「品詞分類」對應關係表（P072）**

透過表格，說明「文法關係」；原則清楚，一看就懂！

【圖表 4】
文法關係

> －：表示「無對應關係」
> ○：表示「有對應關係」
> △：表示「有對應關係，但較少使用」

本書【重要文法名稱】整理

全書介紹許多「文法相關的專有名稱」，在此整理為表格。方便大家隨時翻閱查詢。

文法名稱	意義・解釋	頁碼
	第 一 章	
單語	「細分到最小的言詞單位」。若將「單語」進一步分解，就會變成「不具意義、只是單純聲音」的文字。	P026
品詞	將單語「根據文法性質進行分類」，就會形成各種品詞。可以區分為10種：「動詞」「い形容詞」「な形容詞」「名詞」「副詞」「連體詞」「接續詞」「感應詞」「助述詞」「助詞」。	P026
文節	能夠「使單語在句中的角色明確」的「劃分到最小的單位」。	P030
文	以「。」（句號）作為結尾的一個區塊，就是「文」（句子）。	P032
節	如果一個「文」之中：有「兩個」區塊，都有「核心文意的述語」，就會有「節」的區分。	P034
語分類	「單語」在「文」中扮演什麼角色，就是所謂的「語分類」。構成「文」的「語分類」有：「主題」「修飾語」「補足語」「述語」「獨立語」「接續語」，以及和上述6種層級不同的「並立語」。	P036
述語	文中描述主語（或主題）的動作、狀態…等的語。是「文」的核心，通常位於「文末」（句尾）。即使只有「述語」，「文」或「會話」也會成立。	P038
補足語	基本上「補足語」的結構是「名詞（體言）」＋「助詞（格助詞）」。其中，助詞用以表示前面的「名詞」和「述語」的關係。	P041
體言	表示「句子的本體的言語」，指「名詞」。	P043
用言	表示「句子的作用的言語」，指可作為「述語」的：「動詞」「い形容詞」「な形容詞」。	P043
修飾語	使用「修飾語」可以豐富、多樣地描述「述語或補足語的程度、數量、樣態…」等。修飾語除了修飾「述語」，也可以修飾「補足語」，有時候也會修飾「修飾語」。可以分為：修飾體言的「連體修飾語」，修飾用言的「連用修飾語」。	P044
主題	提示出「文」所描述內容的範圍。	P046
主語	一定是「述語」（動作或狀態）的「主體」。	P046
獨立語	基本上，都位於「句首」。和「文」的其他「單語」，或是和「文」沒有直接關係。	P050
接續語	表示「文和文的關係」或「單語和單語的關係」。	P052

並立語	包含「並立語」的「～部」，即使「～部」之中的文節「前後順序調換」，文意也不會改變。	P056
～部	如果有「兩個以上的文節」，會形成「～部」。像是「主題部」「補足部」「述部」…等。	P058
補助動詞	「述部」中，接在「述語」後面，扮演某種文法功能的動詞。	P063
自立語	在「文」中，單獨存在就具有意義的「單語」。	P069
附屬語	單獨時只有文法意義，必定附屬在「所搭配的單語後面」，和「單語」以「成組」的形式出現。	P070
助述詞	有些文法書稱為「助動詞」。但稱為「助動詞」容易誤以為只有「補助動詞」的功能，同時為了避免誤解相當於英語的「助動詞」。所以本書將「助動詞」稱為「助述詞」。 「助述詞」附屬在「用言」或「體言」後面，形成述語（述部）；或者「補助述語」並且「形成複雜的述語（述部）」。	P027 P071 P102
助詞	接續在「單語」後面，表示「該單語在文中的意義關係」。一個助詞可能有數種用法。	P071 P104
動詞	主要是用來「表達動作」的單語，但也有表達「狀態」的動詞。	P074
い形容詞	日語的形容詞之一，用來「形容人或事物狀態」「表達情緒」等。全部的「い形容詞」都是以「～い」結尾。	P078
な形容詞	日語的形容詞之一，用來「形容人或事物狀態」「表達情緒」等。「な形容詞」沒有固定的語尾，少數的「な形容詞」也是「～い」結尾。接續名詞的時候，會出現「な」。	P079
名詞	主要是用來「表示人、事物等名稱」的單語。	P080
副詞	主要是用來「修飾用言」的單語。「副詞」的位置，會在「所修飾的用言前面」。	P082
連體詞	用來「修飾體言」的單語。「連體詞」的位置，會在「所修飾的體言前面」。	P086
接續詞	表示「前一個文」和「後一個文」關係的單語。有時候也可以表示「單一文中」，「單語和單語」的關係。	P093
接續助詞	在「單一文中」，表示「前面的節」和「後面的節」關係的助詞。	P094
並立助詞	表示「單語和單語」關係的助詞。	P096
感應詞	主要表達：驚訝・意外・不滿／同意・不同意／猶豫／叫喚・喚起注意／疑問／感嘆・振奮…等，有些書籍也稱為「感嘆詞」或「感動詞」。可以放在「文的開頭」，也可以「單獨使用」。	P100
判定助述詞	「だ」「です」「である」為「判定助述詞」，表示「肯定・斷定」。會影響日語的「文體」。	P102

格助詞	主要接續在「名詞」後面，形成「表示該名詞和述語關係」的「補足語」。	P116
終助詞	放在「文末」（句尾）的助詞。	P154
接辭	附加在其他單語的前面或後面，替單語「增添意思」，或使單語成為「不同的品詞」。附加在單語「前面」的，稱為「接頭辭」；附加在單語「後面」的，稱為「接尾辭」。	P162
指示詞	表示「會話中的事物（或是人物）所屬領域」的單語。	P166
疑問詞	「疑問詞疑問文」中，一定會出現的單語。	P167
數量詞	在數字等的後面加上「接尾辭」，用來「表示數量」的單語。	P168
時間詞	與「時間」相關的單語。	P169

第 二 章

基本四變化	指「現在肯定形・現在否定形・過去肯定形・過去否定形」。	P173
ます形	使用於「述語（述部）為動詞」的「文末」（句尾），表示「丁寧體」。	P181
て形	廣泛運用於各種表現，表示：要求、動作順序、禁止、許可、目前狀態…等。	P182
辭書形	主要用於表達「肯定」內容，也是〔普通形〕的〔現在肯定形〕。	P184
ない形	主要用於表達「否定」內容，也是〔普通形〕的〔現在否定形〕。	P186
た形	主要用於表達「過去」內容，也是〔普通形〕的〔過去肯定形〕。	P188
なかった形	「ない形」再變化為「た形」的結果，也是〔普通形〕的〔過去否定形〕。	P189
命令形	主要用於表達「命令」的內容。	P190
禁止形	主要用於表達「禁止」的內容。	P190
意向形	主要用於表達「意志」內容，也是「～ましょう」的〔普通形〕。	P191
條件形	主要用於表達「假定」的內容。	P192
可能形	主要用於表達「能力」的內容。	P193
受身形	使用於「受身文」。	P194
使役形	使用於「使役文」。	P196
尊敬形	使用於「敬語表現」（尊敬表現）。	P197
音讀	隨著漢字，從中國傳入日本的「漢字發音」。	P201
訓讀	把日語原有的詞彙，制定為特定漢字的「讀音」。	P201
形式名詞	屬於「名詞」，卻是「不具有特定意思的名詞」。只是為了方便把用言當成「主題」或「補足語」，才被使用的「名詞」。	P238
丁寧體	給予對方「鄭重有禮貌」的印象。是一開始就必須學習的文體。	P242

普通體	具有「家人或朋友間談話的親近感」。但如果用於初次見面的人，對方或許會覺得你沒有禮貌。	P242
敬語體	和「丁寧體」相同，但更進一步使用「敬語表現」；會讓對方留下「尊重談話對象或書信對象」的印象。	P242
論說體	給人生硬印象，並感受到客觀的語感。常使用於「論文」之類。	P242

第三章

單文	一個「文」（句子）之中，「和其他單語有關係的述語（述部）」只有一個。	P034 P260
複文	一個「文」（句子）之中，「和其他單語有關係的述語（述部）」有複數個。	P034 P262
主節	「複文」的「主要述語（述部）」所存在的「節」，稱為「主節」。	P035 P269
從屬節	「複文」的「次要述語（述部）」所存在的「節」，稱為「從屬節」。因為性質不同，還可以分為「名詞節」「引用節」「疑問節」「副詞節」「連體節」。	P035 P269
名詞節	從屬於使用了「形式名詞」的「主節」的「節」，就稱為「名詞節」。	P271
引用節	如果引用的內容，包含「以述語（述部）為核心的區塊」，「引用的內容」就稱為「引用節」。	P274
疑問節	把「整個疑問文」當成「補足部」使用時，會使用「疑問節」。	P278
副詞節（連用節）	「在用言之前、並修飾用言」的「連用修飾」的「節」，稱為「副詞節」。由於功能是「連用修飾」，因此也稱為「連用節」。	P280
連體節	「在體言之前、並修飾體言」的「連體修飾」的「節」，稱為「連體節」。	P282
關係節	〔被修飾的名詞〕和〔連體節內的述語〕是「補足語」和「述語」關係。這樣的「連體節」，就稱為「關係節」。	P285
補充節	有時候，「連體節」所修飾的「名詞」可以被省略。這樣的「連體節」，就稱為「補充節」。	P285
內容節	〔連體節的內容〕＝〔被修飾的名詞的具體內容〕。這樣的「連體節」，就稱為「內容節」。	P287
並立節	「並立節」和「主節」屬於「對等」立場，並非從屬關係，重要性不分上下。把「並立節」和「主節」互換，「文」的意思也不會改變。	P290

特別推薦 —— 大家學標準日本語【初級／中級／高級本】

這是出口仁老師的《第一系列》日語學習教材，於 2012 年出版，至今已歷經數年，相信很多讀者可能都已經擁有。但我們相信，這套教材絕對是任何一位日語學習者──「經典必備」的工具書，值得一推再推、廣為宣傳。讓有心接觸日語的人，都能夠藉由這一套書籍，奠定紮實基礎，推開層層疑惑，覺得學習日語真的是一件「有趣又充滿成就感」的事情！

● 【教材方針】

根據生活、工作、檢定等目的，為各程度量身打造專業課程，
完整規劃學習日語必備的──全套三冊「127 個具體學習目標」！

每一課都具有「實用功能」，融入「127 個具體學習目標」；
每一種日語的用法，都會解釋原因，不會只說「這是日語的習慣用法」。

精準設定「學習目標」，達成「循序漸進、步步提升」；
明確定義「四種學習層次」，指引讓實力精進的明確方向──
1 **要注意！** 2 **一定要會的！** 3 **行有餘力再多學！** 4 **能力足夠要多記！**

單字、文型、長篇對話、短篇對話，面面俱到的學習內容；
〔課本〕+〔文法解說・練習題本〕+〔MP3 光碟〕，雙書裝超值學習組合。

● 【教材內容】

大家學標準日本語【初級本】：第 01 課～第 12 課，共 42 個「具體學習目標」
平、片假名之後的初階課程，開始學習日語基本表達！

大家學標準日本語【中級本】：第 13 課～第 24 課，共 44 個「具體學習目標」
進入最關鍵的「動詞變化」，「變化形」結合「文型」，朝更多元表達邁進！

大家學標準日本語【高級本】：第 25 課～第 36 課，共 41 個「具體學習目標」
串聯文型文法學以致用，達成「因時、因地、因人」的自然日語！

● 【全系列商品】 —— 已發行「書籍」・「教學 DVD」・「行動學習 APP」

※「行動學習 APP」請至 App Store・Google Play 搜尋「大家學標準日本語」

大家學標準日本語【初級本】（附MP3）・ 大家學標準日本語【初級本】教學DVD
大家學標準日本語【中級本】（附MP3）・ 大家學標準日本語【中級本】教學DVD
大家學標準日本語【高級本】（附MP3）・ 大家學標準日本語【高級本】教學DVD

特別推薦 —— 大家學標準日本語【每日一句】系列

掌握「學習日語必備的 127 個具體學習目標」之後，又該如何運用理論於實際呢？
於是出口仁老師完成了《第二系列》著作——大家學標準日本語【每日一句】五冊。

●【教材方針】

著眼「日語如何學以致用」，
將「必學的文型文法」，落實於「真實會話」的具體教學。

大量介紹「具體的會話場面」，詳述「臨場溝通時，經常使用的規則性文法」；
每一句會話「都能呼應、驗證文法規則」，並提示日本人經常使用的「表現文型」。

●【教材內容】

大家學標準日本語【每日一句】生活實用篇
心情・安慰・希望・邀約……等會話，學習功能實用的「生活日語」。

大家學標準日本語【每日一句】商務會話篇
洽談・協商・溝通・承諾……等會話，學習功能實用的「商務日語」。

大家學標準日本語【每日一句】旅行會話篇
搭機・住宿・觀光・購物……等會話，學習功能實用的「旅遊日語」。

大家學標準日本語【每日一句】談情說愛篇
告白・熱戀・吵架・分手……等會話，學習功能實用的「戀愛日語」。

大家學標準日本語【每日一句】生氣吐槽篇
生氣・洩憤・抱怨・碎念……等會話，學習功能實用的「交友日語」。

大家學標準日本語【每日一句】全集
彙整上述五本之「主題句、文型解析、用法」，小開本隨身書。

●【全系列商品】—— 已發行「書籍」・「行動學習 APP」

※「行動學習 APP」請至 App Store・Google Play 搜尋「大家學標準日本語」

大家學標準日本語【每日一句】生活實用篇（附MP3）
大家學標準日本語【每日一句】商務會話篇（附MP3）
大家學標準日本語【每日一句】旅行會話篇（附MP3）
大家學標準日本語【每日一句】談情說愛篇（附MP3）
大家學標準日本語【每日一句】生氣吐槽篇（附MP3）
大家學標準日本語【每日一句】全集（附下載版MP3）

目錄

第一章 「語」和「品詞」

本章將徹底分解日語結構，並針對「文句構成要素」，詳細解說「性質」、「文句中扮演的角色」。理解本章內容，就能解決閱讀或是學習日語時，「想查字典，卻不知道如何斷字」的困擾。

第一節：日語的分解   022

掌握文句的「哪裡到哪裡」是一個 語彙 。

第二節：語分類   036

理解日語的整體結構，有助於 讀解 聽解 簡單的單一文句。

第三節：從「語」到「部」

能夠 讀解 聽解 「稍微複雜」的單一文句，瞭解 動詞變化 的功能。

第四節：品詞分類

為了理解日語 文法 的必備基礎知識。

第二章　文末的述語

日語「文句」最重要的核心部分，就是「述語」（或是述部）。「動詞、形容詞、名詞（＋助述詞）」經過變化之後，在文中大多扮演「述語」的角色。從本章可以了解，「動詞、形容詞、名詞（＋助述詞）」會有怎麼樣的變化。另外，日語有所謂的「文體」。「文體」影響「書寫」或「會話」給予對方的印象。所傳達的印象是「坦白直率」或是「客氣有禮貌」，都取決於「文體」。「文體」也決定「文末述語的呈現形式」。本章將詳述「述語」是什麼，以及「述語」的重要性。

第一節：「述語」的基本四變化　　　　　　172

理解最基礎 會話 就會出現的「動詞・形容詞・名詞（＋助述詞）」──
「肯定形・否定形・現在形・過去形」變化。

第二節：動詞變化　　　　　　　　　　　176

徹底解說，讓複雜難懂的 動詞變化 變得容易理解。

1 因應「動詞變化」的動詞分類　　　　　177

2 「動詞變化」的種類　　　　　　　　　180

針對教科書容易忽略的 動詞之外的變化 ，也進行紮實詳解。

解說 會話 作文 相當重要的「文體」。透過不同「文體」，帶給對方不同的印象。

提升日語能力，從「單純的句子」到「複雜的句子」，務必徹底理解的重要內容。到日檢 N4 程度為止，大多是比較單純的句子；N3 程度以上，就會開始出現許多構造複雜的句子。「閱讀」或「書寫」複雜的句子時，如果缺乏文法知識，就不容易掌握文句。即使「乍看之下找不到規則」的複雜句子，也必定「具有規則性的結構」。本章將以簡單明瞭的方式，循序漸進介紹「單純的句子」到「複雜的句子」。

※本書圖表彙整

第一章

「語」和「品詞」

本章將徹底分解日語結構，並針對「文句構成要素」，詳細解說「性質」、「文句中扮演的角色」。

理解本章內容，就能解決閱讀或是學習日語時，「想查字典，卻不知道如何斷字」的困擾。

第一節　日語的分解

日語可以分解為：單語、文節、節、文、段落、文章

大家平常都有機會「閱讀日語文章」（⇒ 閱讀的日語），或是「聆聽日語表達」（⇒ 會話的日語）。首先，我們就針對這樣的日語來進行分解看看。

根據細分的程度，從小到大，日語可以分解為：
「**單語**」＜「**文節**」＜「**節**」（複文時會出現的）＜「**文**」（句子）。

如果是「閱讀的日語」，還會有「由較多句子構成」的「**段落**」＜「**文章**」。

圖表說明：日語的分解

如果將上述內容圖示化，會呈現下面的結果。每一個 ☐ 是一個區塊。

圖表 1

*註 1

單語 … 時間 / が / あったら、/ いつも / 日本語 / を / 研究して / います 。

文節 … 時間が / あったら、/ いつも / 日本語を / 研究して / います 。

節 … 時間があったら、/ いつも日本語を研究しています 。

文 … 時間があったら、いつも日本語の研究をしています 。

（＊註 1 詳見 P024）

段落 ←

文章 ┤

皆さん、はじめまして。出口仁です。私はにぎやかな街で生まれました。その街は東京です。今は日本語教師の仕事をしています。時間があったら、いつも日本語の研究をしています。日本語は難しいですが、頑張ってくださいね。どうぞよろしくお願いします。

さて、今回、私は外国人のための日本語文法の本を書きました。文法を学ばなくても、日本語が話せる外国人はいます。しかし、そのような人の中に、日本語の間違いが固定化してしまっている人がたくさんいます。普通の日本人は遠慮して、外国人の日本語の誤用を直してくれません。また、なぜ間違っているのかを説明できる日本人は少ないと思います。

そこで、この本を通して皆さんに日本語の基本的な構造を理解してもらい、自分で間違いに気付けるようになり、自然な日本語を身につけてもらいたいと思ってこの本を書きました。

── 中略 ──

それでは、皆さん、楽しく日本語を勉強しましょう。

（＊「～～～」表示「接續語」。請先試著閱讀，下頁另附中譯參考）

以「語言學」的分類而言，還可以再細分為更小。例如：

- あったら ⇒ あっ + たら
- います　⇒ い　+ ます

但是本書的目的，是為了讓外國人在學習實用日語時，能夠清楚了解日語的文法，所以不採取劃分到非常細微的做法。

文章中譯

　　大家好，初次見面。我是出口仁。我出生於一個熱鬧的城市，那個城市就是一東京。我目前從事日語教師的工作。有時間的話，我常常研究日語。雖然日語很困難，但請加油喔。還請大家多多指教。

　　那麼，這次，我撰寫了專門為外國人寫的日語文法書。有些外國人即使沒學文法，也能開口說日語。但是，在那樣的人之中，有許多人會無法避免地，一直出現同樣的錯誤。一般的日本人都很客氣，不會糾正外國人的日語錯誤。而且，我想，能夠說明為何錯誤的日本人應該也很少。

　　因此，我希望大家能夠透過這本書，理解日語的基本結構，並能自己察覺錯誤、學會自然的日語，因此撰寫完成了這本書。

── 中間省略 ──

　　那麼接下來，大家就快樂地學習日語吧！

本書的論述重點：單語、文節、節、文

了解日語可以如何分解之後，接下來，本書將針對「閱讀的日語」以及「會話的日語」都必定存在的「**單語**」「**文節**」「**節**」「**文**」等結構，進行逐一解說，並說明各結構所代表的意義。

至於「段落」和「文章」，則留待日後「日語讀解」專書再來詳細論述。

1 單語

單語：最小的言詞單位

所謂「單語」，是指「細分到最小的言詞單位」。若將「單語」進一步分解，就會變成「不具意義、只是單純聲音」的文字。

「單語」的文法性質，稱為「品詞」

將單語「根據文法性質進行分類」，會形成各種「**品詞**」。透過下面的例文，了解什麼是「**品詞**」。

例文

時間_{じかん}があったら、いつも日本語_{にほんご}を研 究_{けんきゅう}しています。

（有時間的話，我常常研究日語。）

例文解析

每一個 ☐☐☐☐☐ 是一個單語，☐☐☐☐☐ 上方為「品詞名稱」。根據「單語的文法性質」，可以將單語區分為「各種品詞」。如下：

→ 此列為「各種品詞」

名詞	助詞	動詞	副詞	名詞	助詞	動詞	動詞
時間 /	が /	あったら、/	いつも /	日本語 /	を /	研究して /	います。

「品詞」的種類

「品詞」可以區分為 10 種：
「動詞」「い形容詞」「な形容詞」「名詞」「副詞」
「連體詞」「接續詞」「感應詞」「助述詞」「助詞」

注意

「**助述詞**」在有些文法書稱為「助**動**詞」。但因為稱為「助**動**詞」容易誤以為只有「補助**動**詞」的功能，同時也為了避免造成相當於英語「助動詞」的誤解。所以本書將「助**動**詞」稱為「助述詞」。

掌握「單語的品詞分類」，是為了正確造句

為什麼要瞭解「這個單語，屬於哪一種品詞」？
目的是為了「正確完成句子及表達」。

舉例來說，在會話中，有時候會提到「過去」的事情，或者講到自己的「意志」或「期望」，或者針對內容表示「否定」或「肯定」、描述現在的「狀態」或「感情」等等。

提到「過去」的事情時，和英語一樣，日語也有「過去形」的用法。動詞有動詞的過去形，形容詞有形容詞的過去形，變化方式各不相同。

這時候，就必須知道「品詞的分類」。

分辨是哪一種品詞之後，才能根據原則做出正確的變化。當然，也才能完成正確的句子。所以，「品詞分類」是造句或表達時非常重要的觀念。

這裡先初步介紹「品詞分類」的基本概念，在【第一章/第四節】（P064）將會針對「品詞分類」做更詳細的說明。

2 文節

文節：單語的集合

「文節」是「數個單語」集合而成的單位。首先，請看下方的單語：

私（わたし） ・ 友達（ともだち） ・ 先輩（せんぱい） ・ 店（みせ） ・ 行きます（い）

（我） （朋友） （學長） （商店） （去）

乍看這幾個單語，好像知道要表達什麼，但其實無法明確知道「是誰要去」。

「文節」的實例說明

如果將上方的單語，加上品詞之一的「助詞」——「は」「と」「の」「へ」，
形成數個「文節」（每一個 ☐ 是一個文節）：

私は / 友達と / 先輩の / 店へ / 行きます 。

❶ 私（わたし）は 友達（ともだち）と 先輩（せんぱい）の 店（みせ）へ 行きます（い）。

（我和朋友要去學長開的商店。）

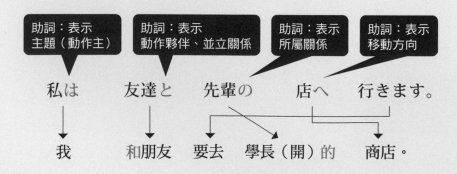

| 助詞：表示 主題（動作主） | 助詞：表示 動作夥伴、並立關係 | 助詞：表示 所屬關係 | 助詞：表示 移動方向 |

私は　　　友達と　　先輩の　　　店へ　　行きます。

我　　　　和朋友　　要去　學長（開）的　　商店。

加上助詞、形成文節後，就可以明確知道「是誰要去」。

還可以試著改變「助詞的搭配」

改變「は」「と」「の」「へ」四個助詞的位置，就會產生不同的意思：

❷ 私_{わたし}は 友達_{ともだち}の 先輩_{せんぱい}と 店_{みせ}へ 行_いきます。（我和朋友的學長要去商店。）

❸ 私_{わたし}の 友達_{ともだち}は 先輩_{せんぱい}と 店_{みせ}へ 行_いきます。（我的朋友和學長要去商店。）

❹ 私_{わたし}は 友達_{ともだち}の 先輩_{せんぱい}の 店_{みせ}へ 行_いきます。（我要去朋友的學長開的商店。）

❺ 私_{わたし}の 友達_{ともだち}は 先輩_{せんぱい}の 店_{みせ}へ 行_いきます。（我的朋友要去學長開的商店。）

❻ 私_{わたし}の 友達_{ともだち}の 先輩_{せんぱい}は 店_{みせ}へ 行_いきます。（我的朋友的學長要去商店。）

❼ 私_{わたし}と 友達_{ともだち}と 先輩_{せんぱい}は 店_{みせ}へ 行_いきます。（我和朋友和學長要去商店。）

加上「搭配詞」，明確「單字的角色」，就可以具體知道「是誰要去」

❶：我和朋友要去。（左頁例文）

❷：我和學長要去。

❸：朋友和學長要去。

❹：只有我要去。

❺：只有朋友要去。

❻：只有學長要去。

❼：三個人都要去。

「文節」的功能

透過上面的例文可以知道：

- 只有「單語」時，無法明白「單語」在句中扮演的角色。
- 「單語」若和「助詞」等搭配，「單語」在句中的角色就非常清楚了。

能夠「使單語在句中的角色明確」的「劃分到最小的單位」，就是「文節」。

總結：解構「單語」和「文節」的目的

解構【單語】的目的

**解構「單語」＝是為了理解「品詞」
＝是為了正確造句（例如：表達過去式、否定式…等）**

〈例〉 太郎 は ケーキ を 買います。（太郎要買蛋糕。）
　　　名詞　助詞　名詞　助詞　　動詞

如果要表達「過去式」：

太郎 は ケーキ を 買いました。（太郎買了蛋糕。）
名詞　助詞　名詞　助詞　　動詞

表達「過去式」時，動詞有動詞的方式。
必須先知道這個單語是「動詞」才能做正確的變化。

解構【文節】的目的

解構「文節」＝是為了理解「語分類」
＝是為了聽、說、讀、寫句子時，瞭解各單語在句子裡面的角色

如同前面所說明的，只有單語（私／友達／先輩／店／行きます）時，無法明確知道「是誰要去」。加上助詞、形成文節之後，就可以明確知道「是誰要去」。甚至可以改變助詞的搭配，產生各種不同的意思。

私は	/	友達と	/	先輩の	/	店へ	/	行きます	。（我和朋友要去學長開的商店。）
文節		文節		文節		文節		文節	

這個稱為「文節」的單位，根據本身在句中的角色，可以分為：
「主題」「修飾語」「補足語」「述語」「接續語」「獨立語」等等。

私は	/	友達と	/	先輩の	/	店へ	/	行きます	。（我和朋友要去學長開的商店。）
主題		補足語		修飾語		補足語		述語	

這些「文節的角色」統稱為「**語分類**」。

關於「語分類」，將在【第一章/第二節】（P036）做詳細介紹。

理解「單語」和「文節」是非常重要的。只要能夠這樣子解構日語，就能夠清楚理解日語文法。

3 「節」和「文」

文：以「句號」結尾的區塊

本單元要說明的是「節」和「文」。因為「文」的概念比較簡單，所以我們先來瞭解，什麼是「文」？

以「。」（句號）**作為結尾的一個區塊，就是「文」。**

例如，第一章/第一節「日語的分解」（P022）所列舉的：

| 文 | … | 時間があったら、いつも日本語の研究をしています。 |

- 一來一往的「文」→ 形成「**對話**」。
  （在實際的日常會話中，也會包含結構不規則的「文」。）

- 設定一個主題，並且根據「起承転結」（起承轉合）原則，寫出許多和該主題相關的「文」→ 形成「**文章**」。

瞭解「節」之前的基本認識

| 節 | … | 時間があったら、/いつも日本語を研究しています。 |

「節」並非基礎入門階段，就會接觸到的觀念。如果要完全瞭解日語結構的「節」，必須先理解「語分類」和「品詞分類」，並且對於「單文」和「複文」有基本認識。

以下，就從最基本開始，簡單地、循序漸進地說明「什麼是節」。

「文」一定有「述語」

每一個「文」，必定存在一個「代表核心文意」的「語」。在日語中，把這個核心文意的「語」，稱為「述語」（屬於「語分類」的一種）。

- 【結構單純】的〔文〕：一個〔文〕，有 一個 述語。
- 【結構複雜】的〔文〕：一個〔文〕，有 數個 述語。

從實例瞭解「述語」

例如，本書一開始就介紹過的例文：

<ruby>時間<rt>じ かん</rt></ruby>があったら、いつも<ruby>日本語<rt>に ほん ご</rt></ruby>を<ruby>研究<rt>けんきゅう</rt></ruby>しています。

（有時間的話，我常常研究日語。）

如果把它變得稍微單純一點：

<ruby>私<rt>わたし</rt></ruby>はいつも<ruby>日本語<rt>に ほん ご</rt></ruby>を <ruby>研究<rt>けんきゅう</rt></ruby>しています 。

核心文意（＝述語）：
我常常做什麼

（我常常 研究 日語 。）

- 此文想要傳達的是：「我到底經常做什麼」。
- 也就是說，此文「核心文意的語」（＝述語），是方框框起來的——「研究しています」。

從有幾個「述語」，判斷是「單文」或是「複文」

* 私（わたし）はいつも日本語（にほんご）を 研究（けんきゅう）しています 。

（我常常 研究 日語。）

上方的「文」只有「一個述語」，這樣的「文」，稱為「單文」。

原來的、未經簡化的例文又是如何呢？

* 時間（じかん）が あったら 、いつも日本語（にほんご）を 研究（けんきゅう）しています 。

（ 有 時間 的話 ，我常常 研究 日語。）

上方的「文」有「兩個述語」，這樣的「文」，稱為「複文」。

「複文」才有「節」

如果一個「文」之中：

有「兩個」區塊，都有「核心文意的述語」，

此時，「節」的概念，就變得非常重要。

延續上方的「複文」來做說明：

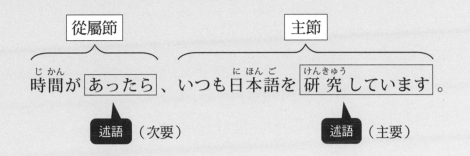

- 「時間が あったら」是一個「節」。

- 「いつも日本語を 研究しています」是另外一個「節」。

- 「あったら」和「研究しています」都是述語，哪一個比較重要呢？
  根據文意來判斷，當然是「研究しています」比較重要。

- 「主要述語」（研究しています）所在的「節」稱為「主節」。

- 「次要述語」（あったら）所在的「節」稱為「從屬節」。

總結：「節」和「文」的關係

一個〔文〕有〔一個述語〕＝ 單文 ＝ 無 〔節〕的區分

一個〔文〕有〔數個述語〕＝ 複文 ＝ 有 〔節〕的區分

「節」並非基礎日語的必要內容，這裡先做簡單的介紹。本書【第三章】將針對「節、單文、複文」進行詳細說明。在此之前，最重要的，請務必先確實理解「語分類」（第一章/第二節）以及「品詞分類」（第一章/第四節）。

第二節　語分類

我想，大家在學習英語時，應該都接觸過「英語的五種基本文型」——「SV、SVO、SVC、SVOO、SVOC」，並透過這幾種基本文型，瞭解「S：主語、V：動詞、O：目的語、C：補語」等等的觀念。

「單語」在「文」中扮演什麼角色，就是所謂的「語分類」。

以日語來說，任何一個「文」，主要是由這些「語分類」所構成：
- 「主題」「修飾語」「補足語」「述語」

其他可能構成「文」的「語分類」，還包括：
- 表達「感嘆」、「應答」的「獨立語」
- 「數個文」或是「會話」必須要有的「接續語」

在所有的「語分類」之中，「述語」扮演「文」的核心角色。

介紹 6 種「語分類」，並延伸說明「並立語」

接下來，本書將一一介紹上面所提到的 6 種「語分類」：
「主題」「修飾語」「補足語」「述語」「獨立語」「接續語」。

並且，延伸說明層級不同的「並立語」，共 7 種關於「語分類」的說明。

從「述語」開始說明「語分類」

一般而言，日語的「文」的構成順序，依序為：

「主題」→「修飾語」→「補足語」→「述語」。

不過，如同前面所提到的，日語是以「述語」作為「文」的核心角色，所以本書進行說明時，也會從「述語」開始介紹。

然後，再依照「學習時比較容易理解」的順序，依序介紹其他的「語分類」。

1 述語

述語：「文」的核心重點

語言，是「傳達訊息」的行為。每一個表達內容，都有「主要想傳達的重點」，這個部分就是日語的「**述語**」。

例如下方，藍色字即是「述語」，是「各文的表達重點」、「核心文意」。

○○	は	何_{なん}だ	-----------------------	○○	是什麼
○○	は	誰_{だれ}だ	-----------------------	○○	是誰
○○	が	どんなだ	-----------------	○○	是怎麼樣
○○	が	どうした	-----------------	○○	怎麼了
○○	が	何_{なに}をする	-----------------	○○	要做什麼
○○	が	何_{なに}をした	-----------------	○○	做了什麼

「述語」的定義

- 文中描述主語（或主題）的動作、狀態……等的語。
- 是「文」的核心，通常位於「文末」（句尾）。
- 即使只有「述語」，「文」或「會話」也會成立。

「述語」的文例說明

「只有述語」的「文」

- <u>疲れた</u>。 （累了。）

つか

述語

- <u>おいしい</u>。（好吃。）

述語

- <u>火事だ</u>！ （有火災！）

かじ

述語

「其他要素＋述語」的「文」

能夠成為「述語」的，是之後將會陸續介紹的——
「動詞」「い形容詞」「な形容詞」和「名詞（＋助述詞）」。＊註2

日語是以「述語」為核心而構成「文」，因為述語基本上都位於文末，所以其他的要素，就會放在「述語的前面」。

- <u>桜が</u> <u>咲きました</u>。（櫻花開了。）

さくら　さ

補足語　　述語

  ＊補足語 ＋〔文末〕述語。「述語」為「動詞」。

- <u>高橋さんは</u> <u>とても</u> <u>きれいだ</u>。（高橋小姐非常漂亮。）

たかはし

主題　　　修飾語　　述語

  ＊主題、修飾語 ＋〔文末〕述語。「述語」為「な形容詞」。

＊註2　　除此之外，某些「副詞（＋助述詞）」也可以是「述語」：

大学入学試験は <u>もうすぐ です</u> 。（大學入學考試快到了。）

だいがくにゅうがくしけん　　副詞　　助述詞

述語

2 補足語

為什麼需要「補足語」？

前面曾經說明：即使只有「述語」，「文」或「會話」也會成立。例如，用餐的時候說了一句「おいしい」（好吃），不需要另外說明，就知道你的意思是「當下正在吃的料理很好吃」。

但是，如果你說：「行きます」（要去），能否達成溝通，就要視情況而定。

狀況 1：有效達成溝通

あなたは来週の花火大会を見に行きますか。

行きます。

（你要去看下週的煙火大會嗎？）　　（要去。）

原因 使用「行きます」回答對方的提問，「文」或「會話」都可以成立。

狀況 2：沒有達成溝通

行きます。

？？？

原因 沒有任何前後關聯，突然冒出「行きます」，對方一定摸不著頭緒。至少要說明「去哪裡」，才可能達成溝通。

如果只有「述語」時會造成「文意不夠清楚」，就需要「補足語」。

「補足語」的基本結構：名詞＋助詞

基本上，「補足語」的結構如下：

> 表示前面的「名詞」和「述語」的關係
> 的「助詞」

名詞（體言）　＋　助詞（格助詞）
　　　 *註3　　　　　　　　補足語

〈例〉

名詞
> 助詞 へ：
> 表示「学校」（名詞）和「行きます」（述語）的關係

<ruby>学校<rt>がっこう</rt></ruby>　へ　　<ruby>行<rt>い</rt></ruby>きます。　（去學校。）
補足語　　　　　述語

〈例〉

名詞
> 助詞 で：
> 表示「バス」（名詞）和「行きます」（述語）的關係

バス　で　　<ruby>行<rt>い</rt></ruby>きます。　（搭公車去。）
補足語　　　　　述語

（＊註3 詳見 P043）

「補足語」的文例說明

〈例〉

ともだち 　　　　　　　　　　　 がっこう 　　 い
友達と　　バスで　　学校へ　　行きます。（要和朋友搭公車去學校。）
補足語　　補足語　　補足語　　　述語

首先，注意「述語」

「述語」—「行きます」，是此文的核心單語。

友達：在文中的角色？

「友達」後面接著助詞「と」，這裡的助詞「と」表示「動作夥伴」。
→ 也就是說，「友達」在文中的角色是「一起去的同伴」。

バス：在文中的角色？

「バス」後面接著助詞「で」，這裡的助詞「で」表示「交通手段」。
→ 也就是說，「バス」在文中的角色是「要去時的交通工具」。

学校：在文中的角色？

「学校」後面接著助詞「へ」，這裡的助詞「へ」表示「移動方向」。
→ 也就是說，「学校」在文中的角色是「要去的方向」。

就像這樣，透過「補足語」，可以讓文意變得更具體。

注意

助詞「と」「で」「へ」用法，請參照【第一章/第四節/10 助詞】（P104）。

- 【體言】：

「文の本体を 表 す言葉」（表示句子的本體的言語）。

指「名詞」。

- 【用言】：

「文の作用を 表 す言葉」（表示句子的作用的言語）。

指可作為「述語」的「動詞」「い形容詞」「な形容詞」。

請注意：

雖然「體言」是表示「文の本体」（句子的本體）的言語，但並非「文」的核心角色。日語無論如何都是以「述語」作為「文」的核心角色。

3 修飾語

為什麼需要「修飾語」？

「述語」加上「補足語」，可以擴大表達的範圍。而能夠讓表達內容更豐富的，則是「修飾語」。

例如，如果被問到「英語がわかりますか」（你懂英語嗎？）：

- 回答：「わかります」（懂）　→　100％　的答案
- 回答：「わかりません」（不懂）→　0％　的答案

這兩種回答都很極端，非黑即白、沒有中間地帶。

如果想要豐富、多樣地描述「述語或補足語的程度、數量、樣態⋯」等等，就需要使用「修飾語」。

「修飾語」的文例說明

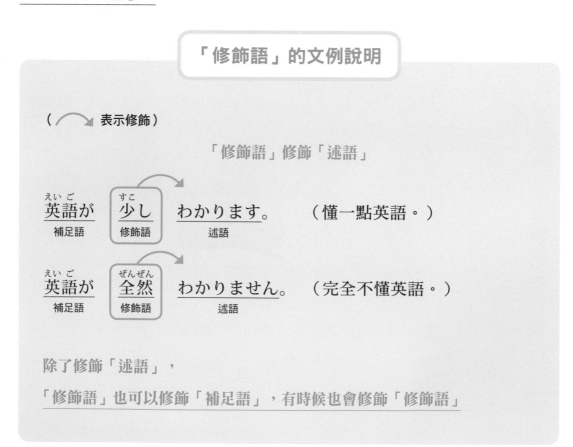

（ ⌒→ 表示修飾）

「修飾語」修飾「述語」

英語が　少し　わかります。　（懂一點英語。）
補足語　修飾語　　述語

英語が　全然　わかりません。　（完全不懂英語。）
補足語　修飾語　　述語

除了修飾「述語」，

「修飾語」也可以修飾「補足語」，有時候也會修飾「修飾語」

*「赤い」修飾「シャツが」（補足語）。

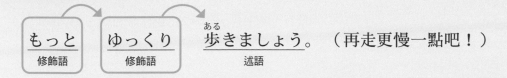

*「もっと」修飾「ゆっくり」（修飾語）。「ゆっくり」修飾「歩きましょう」（述語）。

「連體修飾語」和「連用修飾語」

可以作為「修飾語」的單語，以「副詞」「連體詞」為主，其他則為「動詞」「い形容詞」「な形容詞」「名詞」等。「修飾語」還可以再細分為：

- **修飾體言**（名詞）**的**〔**連體修飾語**〕
- **修飾用言**（動詞・い形容詞・な形容詞）**的**〔**連用修飾語**〕

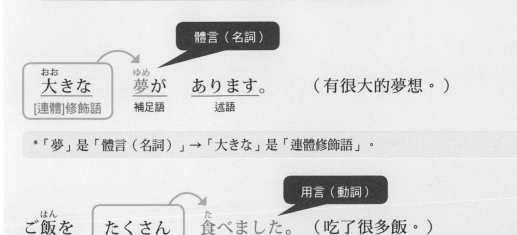

*「夢」是「體言（名詞）」→「大きな」是「連體修飾語」。

*「食べました」是「用言（動詞）」→「たくさん」是「連用修飾語」。

注意　因為「補足語」也可以視為「修飾述語」的「語」，所以也有人將「補足語」視為修飾語的一種。但在本書是將兩者分開說明的。

4 主題

「主題」和「主語」的差異

<u>「主題」：提示出「文」所描述內容的範圍。</u>如果要說和「主題」非常類似的，就是「主語」。兩者到底有什麼不同呢？

<u>「主語」：一定是「述語」（動作或狀態）的「主體」。</u>有時候「主題」就是「主語」，有時候則不是。請看下面的說明。

「主題」和「主語」的文例說明

主題 ＝ 主語

❶ わたし
私 は　日本人です。　　（我是日本人。）
主題　　　述語
主語

* 主題＝〔私は〕…提示出「文」所描述內容「日本人です」（是日本人），
所指的是「私は」。
* 主語＝〔私は〕…述語「日本人です」的「狀態主體」。

❷ さくら
桜 は　きれいです。　　（櫻花很漂亮。）
主題　　述語
主語

* 主題＝〔桜は〕…提示出「文」所描述內容「きれいです」（很漂亮），
所指的是「桜は」（櫻花）。
* 主語＝〔桜は〕…述語「きれいです」的「狀態主體」。

❸ 太郎は　ケーキを　買いました。　（太郎買了蛋糕。）
　　　主題　　　補足語　　　述語
　　　主語

> ＊ 主題 ＝〔太郎は〕…提示出「文」所描述內容「ケーキを買いました」（買了蛋糕），
> 　所指的是「太郎は」（太郎）。
> ＊ 主語 ＝〔太郎は〕…述語「買いました」的「動作主體」。

主題 ≠ 主語

❹ 先生は　トイレです。　　（老師在廁所。）
　　　主題　　　述語

> ＊ 主題 ＝〔先生は〕…提示出「文」所描述內容「トイレです」（在廁所），
> 　所指的是「先生は」（老師）。
> ＊ 主語 ≠〔先生は〕…不是述語「トイレです」的「狀態主體」。

❺ 象は　鼻が　長いです。　（大象的鼻子很長。）
　　　主題　補足語　　述語
　　　　　　主語

> ＊ 主題 ＝〔象は〕…提示出「文」所描述內容「鼻が長いです」（鼻子是長的），
> 　所指的是「象は」（大象）。
> ＊ 主語 ≠〔象は〕…不是述語「長いです」的「狀態主體」。「鼻が」才是。

❻ ケーキは　太郎が　買いました。　（蛋糕的話，太郎買了。）
　　　主題　　　補足語　　　述語
　　　　　　　主語

> ＊ 主題 ＝〔ケーキは〕…提示出「文」所描述內容「太郎が買いました」（太郎買了），
> 　所指的是「ケーキは」（蛋糕）。
> ＊ 主語 ≠〔ケーキは〕…不是述語「買いました」的「動作主體」。「太郎が」才是。

從以上的說明可以知道：
「主題」有時候相當於「主語」，但是「主題」未必等於「主語」。

【主語】不是日語的必要元素

日語和英語不同，英語必須要有「主語」，日語則不一定。以下介紹「沒有主語」的情況。

省略「主語」比較自然

❼ <u>どこへ</u> <u>行きますか。</u> （要去哪裡呢？）
　　補足語　　　述語

> どこへ行きますか。

原因 面對面詢問的時候，即使不說主語「あなたは」（你），也知道是在問誰。所以省略「主語」比較自然。

不需要使用「主語」

❽ 雨だ。　　　（下雨了。）
　 述語

　８時ですよ。　（８點了唷。）
　　述語

說明 如果是英語，需要加上主語「It」。日語則不需要。

從以上的說明可以知道：

在日語裡，「主語」不是「文」的必要元素。

【主題】也不是日語的必要元素

除了「主語」，「主題」也並非日語的必要元素。例如，描述「眼前正在發生的現象」時，不需要說出「主題」。

❾ 雪が 降っている。（正在下雪。）
ゆき ふ
補足語 述語
主語

* 主語＝〔雪が〕…述語「降っている」的「動作主體」。
* 「雪が」不是「主題」。描述「眼前現象」時，不需要說出「主題」。

❿ 空が 赤い。（天空是紅色的。）
そら あか
補足語 述語
主語

* 主語＝〔空が〕…述語「赤い」的「狀態主體」。
* 「空が」不是「主題」。描述「眼前現象」時，不需要說出「主題」。

注意 助詞「が」用法，請參照【第一章/第四節/10 助詞】（P104）。

總結：「主題」和「主語」

1 「主題」和「主語」是不同的概念。

⇒ 有時候「主題＝主語」（❶❷❸）；有時候「主題≠主語」（❹❺❻）

2 日語和英語不同，日語可以「省略主語」或者「不需要主語」。

⇒ 「省略主語」（❼）；「不需要主語」（❽）

3 「主題」也不是日語的「文」的必要元素。

⇒ 有時候「有主題」（❶❷❸❹❺❻）；有時候「沒有主題」（❾❿）

5 獨立語

什麼是「獨立語」？

日語的「文」構成要素有：「主題」「修飾語」「補足語」「述語」「獨立語」「接續語」。

除了「獨立語」之外，其他幾種「語分類」在「文」之中，彼此都有「單語和單語」的相關影響。甚至於「接續語」，不僅可以表示和「文」中其他「單語」的關係，也能表示「文」與「文」的關係。

只有「獨立語」和其他「單語」或「文」沒有直接關係，所以稱為「獨立語」。

「獨立語」的文例說明

接下來，以具體實例說明「獨立語」。 ☐ 表示「獨立語」。

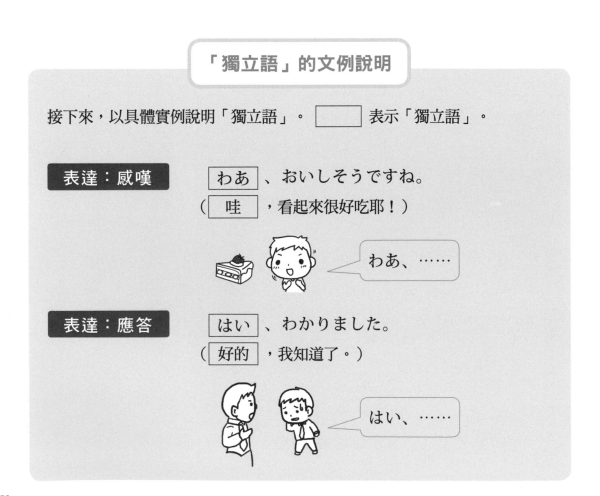

表達：感嘆

わあ 、おいしそうですね。
(哇 ，看起來很好吃耶！)

わあ、……

表達：應答

はい 、わかりました。
(好的 ，我知道了。)

はい、……

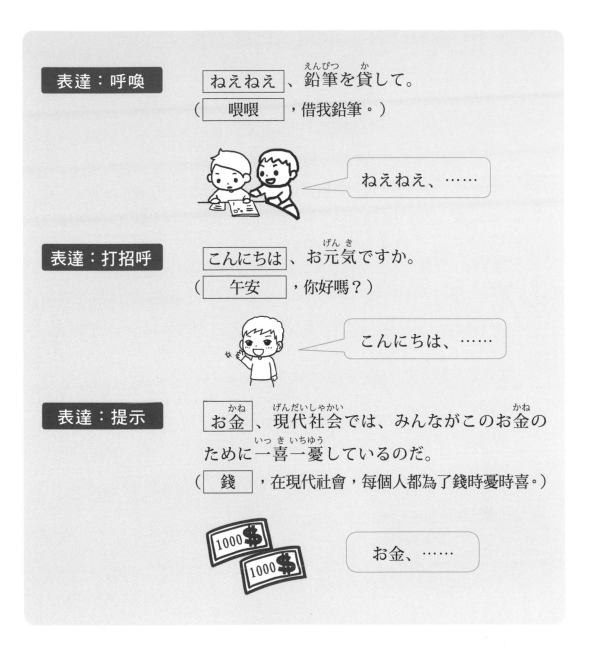

表達：呼喚

ねえねえ、鉛筆を貸して。

（ 喂喂 ，借我鉛筆。）

ねえねえ、……

表達：打招呼

こんにちは、お元気ですか。

（ 午安 ，你好嗎？）

こんにちは、……

表達：提示

お金、現代社会では、みんながこのお金のために一喜一憂しているのだ。

（ 錢 ，在現代社會，每個人都為了錢時憂時喜。）

お金、……

總結：獨立語

基本上，「獨立語」都位於句首。

可以成為「獨立語」的品詞，大多為表達「感嘆、應答」的「感應詞」。
有時候，也有如上方所列舉的「お金」，以「名詞」等作為「獨立語」的
情況。

6 接續語

什麼是「接續語」?

當「文」的數量不只一個,有「數個文」的時候,可以用「接續語」表示「文」和「文」的關係;透過「接續語」了解「前一個文」和「後一個文」的相關性。(P023 文章中「〜〜〜」即為「接續語」)

「接續語」的品詞,以「接續詞」為主。除此之外,「數個文節的組合」有時候也具有「接續語」的功能 * 註4。詳細說明請參照【第一章/第四節/7 接續詞】(P092)。

「接續語」的文例說明

「接續語」除了表示「文和文的關係」,也能表示「單語和單語的關係」。下方以具體實例說明。 □ 表示「接續語」。

表示「文」和「文」的關係

前一個文　　　　　　接續語　　　　後一個文

テストの時は　鉛筆を　使ってください。 または 、ボールペンでもいいです。

(考試時,請使用鉛筆。 或者 ,原子筆也可以。)

*「または」表示「前一個文」和「後一個文」的關係是「……或者……」。

(＊註 4 詳見 P053)

表示「單語」和「單語」的關係

テストの時は 鉛筆 または ボールペンを 使ってください。

（考試時，請使用鉛筆 或者 原子筆。）

*「または」表示「鉛筆」和「ボールペン」的關係是「……或者……」。

---

*註4

嚴格說來，「數個文節的組合」必須稱為「接續部」。請注意，其他「語分類」也是如此，「數個文節的組合」便稱為「～部」。例如：

- 文中屬於「主題」的部分，是「數個文節的組合」⇒ 主題部
- 文中屬於「述語」的部分，是「數個文節的組合」⇒ 述部　…等等。

關於「～部」的說明，請參照【第一章/第三節】（P058）。

下頁將透過圖表，彙整「各類接續語」及「用法」。

「各類接續語」及「用法」

圖表2

大分類	小分類	用法	〈接續語〉例
邏輯推演	順接	【前述內容】為：「原因、理由、根據」【後方內容】為：「產生的結果、判斷」	・だから（因此、所以） ・それで（因此、所以） ・そのため（為此、因此） ・そこで（因此、所以）
	逆接	出現的結果，不符【前述內容】預期	・しかし（但是、然而） ・ところが（可是、然而） ・でも（但是、可是、不過） ・それでも（儘管如此）
	反效果	【前述內容】造成反效果，出現和預期相反的結果	・むしろ（寧可、反而） ・かえって（卻、反而）
	轉換	轉變成為有別於【前述內容】的話題	・それでは（那麼） ・では（那麼） ・さて（那麼） ・ところで（話說…）
	結論	總結【前述內容】，導出結論	・結局（けっきょく）（結果、最後） ・このように（就像這樣） ・とにかく（總之、反正）
內容理解	換言	用另一種說法說明【前述內容】	・つまり（也就是說） ・すなわち（也就是） ・要（よう）するに（換言之）
	改言	婉轉否定【前述內容】，並進行修正	・むしろ（與其…不如說） ・というか（該說是…還是…）

054

	例示	舉例說明【前述內容】	・例えば（例如） ・いわば（可說是…） ・特に（特別是）
	補足	補充【前述內容】	・なお（此外） ・ただし（但是） ・もっとも（話雖如此） ・ちなみに（順帶一提）
	說明	說明【前述內容】	・なぜなら（因為、原因是） ・というのは（說…是因為） ・だって（因為）
內容整理	並立	列舉其他，與【前述內容】並列	・また（還有） ・ならびに（並且） ・および（和、以及） ・かつ（而且）
	累加	針對【前述內容】加上其他要件	・そして（而、又） ・それに（再加上） ・しかも（而且、還） ・それから（還有、再加上）
	對比	對比【前後內容】	・一方（另一方面） ・逆に（反過來） ・反対に（相反地）
	選擇	表示【前後內容】都是選項	・または（或是、或者） ・それとも（還是） ・もしくは（或是）
	列舉	一一列舉符合的內容	・第一に（首先） ・まず（首先） ・次に（下一個）

7 並立語

什麼是「並立語」?

「並立語」和目前為止介紹的 6 種「語分類」(「述語」「補足語」「修飾語」「主題」「獨立語」「接續語」) 是屬於不同的層級。舉例來說,請看以下例文:

- 太郎と花子はご飯を食べた。(太郎和花子都吃了飯。)

這句話即使改變成下面的說法,意思也沒有改變:

- 花子と太郎はご飯を食べた。(花子和太郎都吃了飯)

因為原句是由這兩句結合而成的:

「太郎はご飯を食べた。」(太郎吃了飯)

「花子はご飯を食べた。」(花子吃了飯)。

也就是說:述語「食べた」的「主題」,是「太郎」也是「花子」。

像這樣的關係,稱為「並立」。「○○と」*註5 的部分,稱為「並立語」。

太郎 と 花子 (太郎和花子) ← 「並立」關係

---

* 註 5 「○○と」的「と」是表示「並立」的助詞,類似英語的「and」(…和…都)。而「補足語」(P040) 所介紹的「友達とバスで学校へ行きます」的「と」,則是表示「動作夥伴」的助詞,類似英語的「with」(和…一起)。這兩個「と」是兩種不同的用法。日語裡發音相同的助詞,可能有不同用法,提醒大家注意。

從「並立語」了解「～部」

左頁例文中，包含了「並立語」（太郎と）的「太郎と花子」後面，接著助詞「は」，表示「太郎と花子」是「文」的「主題」。

如「接續語-*註4」（P053）所述，<u>「語分類」若有「數個文節的組合」，便稱為「～部」</u>。此文「主題」是兩個文節的組合，所以稱為「主題部」。請看以下圖示說明。

「並立語」的「主題部」

太郎と　花子　は　ご飯を　食べた。（太郎和花子都吃了飯‥）

「並立語」的「補足部」

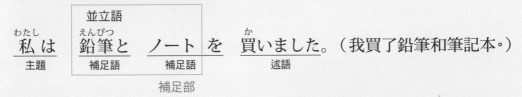

私 は　鉛筆と　ノート を　買いました。（我買了鉛筆和筆記本。）

*改變成「ノートと鉛筆」（筆記本和鉛筆）文意也沒有改變。

「並立語」的「述部」

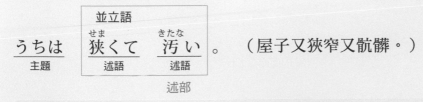

うちは　狭くて　汚い。（屋子又狹窄又骯髒。）

*改變成「汚くて狭い」（又骯髒又狹窄）文意也沒有改變。

*「い形容詞」的「並立」關係是：「い形容詞-い＋くて」接另一個「い形容詞」。

第三節　從「語」到「部」

兩個以上的文節，會形成「部」

在【第一章/第二節/7 並立語】（P056）已經做了說明：

- 〔主　題〕有〔並立語〕的時候 ⇒ 會形成「主題部」
- 〔補足語〕有〔並立語〕的時候 ⇒ 會形成「補足部」
- 〔述　語〕有〔並立語〕的時候 ⇒ 會形成「述部」

簡而言之：**如果有兩個以上的文節，就會形成「～部」。**

- 有 「並立語」的時候，一定會形成「～部」。
- 沒有 「並立語」的時候，也可能會因為其他原因，而形成「～部」。

接下來，將針對「沒有並立語」的情況，進行「～部」的詳細說明。

筆 記 頁

空白一頁，讓你記錄學習心得，也讓下一頁的學習內容，能以跨頁呈現，方便於對照閱讀。

がんばってください。

（請加油！）

1 結合「修飾語」形成的「～部」

「修飾語」修飾「主題」⇒ 形成「主題部」

文中如有「修飾語」修飾「主題」，會形成「主題部」。例如：

（ ⤵ 表示修飾）

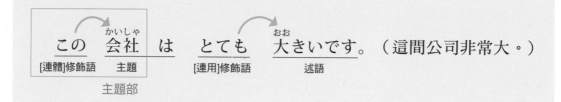

述語「大きいです」（是大的）所指的是「この会社」（這間公司），是
關於「特定公司」的敘述。

只把「会社」（公司）當成「主題」，不符合「この会社」和「大きいです」
是「主題」和「述語」的關係。

結合「修飾主題的修飾語：この」和「主題：会社」，
「この会社」作為「主題部」，才能正確呈現和「述語」的關係。

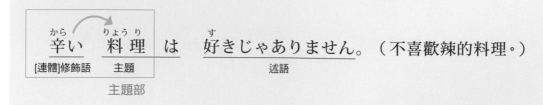

述語「好きじゃありません」（不喜歡）所指的是「辛い料理」（辣的料理），
是關於「特定料理」的敘述。

只把「料理」（料理）當成「主題」，不符合「辛い料理」和「好きじゃありません」是「主題」和「述語」的關係。

結合「修飾主題的修飾語：辛い」和「主題：料理」，
「辛い料理」作為「主題部」，才能正確呈現和「述語」的關係。

「修飾語」修飾「補足語」⇒ 形成「補足部」

文中如有「修飾語」修飾「補足語」，會形成「補足部」。例如：

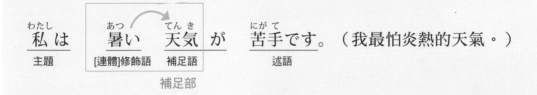

述語「苦手です」（是最怕的）所指的是「暑い天気」（炎熱的天氣），
是關於「特定天氣」的敘述。

「補足語」的「助詞」表示和「述語」的關係。「天気」後面的助詞「が」在此表示「焦點」。如果只把「天気」當成「苦手です」的焦點，不符合「暑い天気」和「苦手です」是「補足語」和「述語」的關係。

結合「修飾補足語的修飾語：暑い」和「補足語：天気」，
「暑い天気」作為「補足部」，才能正確呈現和「述語」的關係。

*「補足語」請參照【第一章/第二節/2 補足語】（P040）
*「連體修飾語」和「連用修飾語」請參照【第一章/第二節/3 修飾語】（P044）
* 助詞「が」請參照【第一章/第四節/10 助詞：〔が〕的用法】（P116）。

2 述部

「述語」與「述部」

前面介紹過，「述語」扮演「文」的核心角色。

文中「述語」的部分，如果是「數個文節的組合」，就會形成「述部」。

「述語」的文例說明

「述語」的部分是「一個文節」。 ☐ 表示「**述語**」。

- ^{わたし}私 は 学生です。　　　　　（我 是學生 。）
- 日本料理は おいしいです。　　　（日本料理 很好吃 。）
- ^{かのじょ}彼女はとても きれいです。　　（她非常 漂亮 。）
- ^{たなか}田中さんは明日 休みます。　　（田中先生明天 休假 。）

「述部」的文例說明

「述語」的部分是「數個文節的組合」，形成「述部」。

＿＿＿（底線）表示一個文節， ☐ 表示「**述部**」。

- 父は広告会社で　働いています 。　　（父親在廣告公司上班。）

- タバコを　吸ってもいいですか 。　　（可以抽菸嗎？）

- ちょっとジュースを　買ってきます 。　（我去買一下果汁再回來。）

- このケーキを　食べてみてください 。（請吃看看這塊蛋糕。）

注意　「述部」的「補助動詞」、「補助い形容詞」

- 「述部」最後一個例文：

「食べて」「みて」「くださ い」的「みて」和「ください」稱為「補助動詞」。

補助動詞：みて

是「見（み）ます」的「て形」。「見ます」原指「眼睛看到物體」的動作，作為「補助動詞」是「嘗試」的意思，與原字意不同。

補助動詞：ください

是「くださいます」的「命令形」（くださいませ）省略「ませ」。「くださいます」原指「別人給我東西」，作為「補助動詞」是「要求做某動作」的意思，與原字意不同。

如上述，**接在「述語」（例如此例的「食べて」）後面，扮演某種文法功能的動詞，就稱為「補助動詞」。**

- 「述部」第二個例文：

「吸ってもいいですか」的「いいです」稱為「補助い形容詞」。

補助い形容詞：いいです

是「いい」的「現在肯定形丁寧體」。「いい」原指「良好的」，作為「補助い形容詞」是「許可」的意思，與原字意不同。

第四節　品詞分類

「品詞分類」的目的

在【第一章/第二節】（P036）介紹了「語分類」，「語分類」有「主題」「修飾語」「補足語」「述語」「獨立語」「接續語」等等。

以其中的「述語」而言，還可以根據「構成述語的**品詞**」，將「述語」分類為：

- 〔動　　詞〕構成的〔述語〕
- 〔い形容詞〕構成的〔述語〕
- 〔な形容詞〕構成的〔述語〕
- 〔名詞（＋助述詞）〕構成的〔述語〕…等等。

所謂的「品詞」，是將各式各樣的「單語」，依照「文法性質」分類的結果。
（「單語」「品詞」基本概念，可一併參照【第一章/第一節/1 單語】P026）
為什麼要將「單語」做這樣的分類呢？

因為每一種「品詞」，都具有各自的文法特徵；將單語進行「品詞分類」，瞭解「這個單語，屬於哪一種品詞」，就能根據「品詞的文法特徵」，掌握單語的變化方法，例如「肯定形」「否定形」「現在形」「過去形」等等。

說明：「語分類」和「品詞分類」

「語分類」和「品詞分類」是學習日語文法時非常重要的觀念。這裡分別透過「實例」，以及「把單語比喻為演員」來說明兩者。

筆記頁

空白一頁，讓你記錄學習心得，也讓下一頁的學習內容，能以跨頁呈現，方便於對照閱讀。

がんばってください。

（請加油！）

舉例說明「語分類」

❶ 太郎は　　ケーキを　　買いました。（太郎買了蛋糕。）
　　主題　　　補足語　　　述語

❷ ケーキは　　太郎が　　買いました。（蛋糕的話，太郎買了。）
　　主題　　　補足語　　　述語

● 單語〔太郎〕在〔例文 ❶ 〕的角色是〔主　題〕
● 單語〔太郎〕在〔例文 ❷ 〕的角色是〔補足語〕

像這樣，以「主題・修飾語・補足語・述語……」等，表示「單語」在文句中扮演的角色，就是「語分類」。

把「單語」比喻為「演員」，說明「語分類」

● 演員〔太郎〕在〔A 劇〕的角色是〔主角〕
● 演員〔太郎〕在〔B 劇〕的角色是〔配角〕

像這樣，以「主角、配角、反派……」等，表示「演員」在劇中扮演的角色，這種「角色安排」的概念，就是「語分類」的概念。

舉例說明「品詞分類」

❸ 太郎 は ケーキ を 買いました。（太郎買了蛋糕。）
　 （たろう）　　　　　　　　　　（か）
　 名詞　　助詞　　名詞　　助詞　　動詞

❹ ケーキ は 太郎 が 買いました。（蛋糕的話，太郎買了。）
　　　　　　　　（たろう）　　　（か）
　 名詞　　助詞　　名詞　　助詞　　動詞

● 單語〔太郎〕和〔ケーキ〕是〔名詞〕：在 ❸ 和 ❹ 都是〔名詞〕。
● 單語〔買いました〕是〔動詞〕：在 ❸ 和 ❹ 都是〔動詞〕。

像這樣，「太郎」和「ケーキ」都是「名詞」，「買いました」是「動詞」，
不論在任何文句中，都不會改變，就是「品詞分類」。

把「單語」比喻為「演員」，說明「品詞分類」

 連續劇 A

演員：太郎　演員：花子

男演員
女演員

 連續劇 B

演員：太郎　演員：花子

男演員
女演員

● 演員〔太郎〕是〔男性〕，在〔A劇〕和〔B劇〕都是〔男性〕。
● 演員〔花子〕是〔女性〕，在〔A劇〕和〔B劇〕都是〔女性〕。

像這樣，「演員」的「性別」是男性或女性，不論在任何劇中，都不會改
變，就是「品詞分類」的概念。

總結：「語分類」和「品詞分類」

「單語」在「文句中的角色」 = 語分類 （就像演員在劇中的扮演 = 角色）

「單語」的「不改變的性質」 = 品詞分類 （就像演員的不變的特質 = 性別）

單語的「品詞分類」系統圖

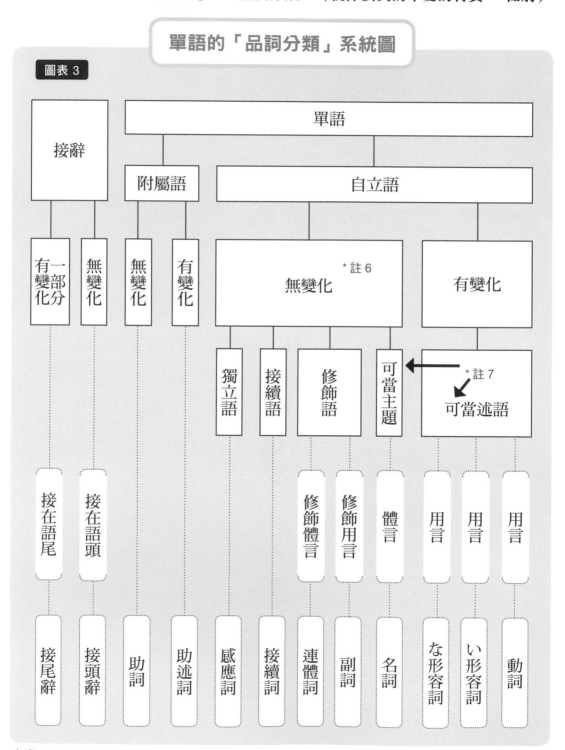

（＊註6、7 詳見 P073）

日語的最小單位：「單語」和「接辭」

從系統圖可以知道，日語的最小單位，首先可以分成「單語」和「接辭」。

單語 ：細分到最小、無法再拆解的，具有意義的區塊。

例如「傘（かさ）」（雨傘）這個單語，如果進一步拆解成「か」和「さ」，就不具有「雨傘」的意義了。

接辭 ：單獨存在時沒有意義，必須結合其他單語一起出現。

接在「單語前面」的，稱為「**接頭辭**」。例：「お金（かね）」的「お」

接在「單語後面」的，稱為「**接尾辭**」。例：「山田（やまだ）さん」的「さん」

「單語」可以分類為「自立語」和「附屬語」

自立語 ：在「文」中，單獨存在就具有意義的「單語」。

● この背（せ）が高（たか）い子（こ）は姉（あね）の息子（むすこ）です。（這位高個子的小孩，是姊姊的兒子。）

把這個例文進行「單語」分解：

● この／背／が／高い／子／は／姉／の／息子／です。

〔**藍字單語**〕＝〔**自立語**〕＝ **單獨存在時，就知道意義**

　この（這個）・ 背（身高）・ 高い（高的）

　子（小孩子）・ 姉（姊姊）・ 息子（兒子）

〔**黑字單語**〕＝〔**附屬語**〕＝ **單獨存在時，不能確定其意義** （請參考下頁）

　が・は・の・です

附屬語：單獨時只有文法意義，必須附屬在其他單語一起出現。

「附屬語」必定附屬在「所搭配的單語後面」，和「單語」以「成組」的形式出現。

例如上頁例文的 ──〔背が〕〔子は〕〔姉の〕〔息子です〕等四組，都是「單語＋附屬語」的組成結構。

【圖表 3】 相關說明

比較：「接辭」和「附屬語」

「附屬語」必須和其他單語一起出現的原則，和「接辭」很相似。但是：

〔接　辭〕：和其他單語融合，成為「一個單語」。

〔附屬語〕：附屬在其他單語後面，成為「文節」。

	比較
接辭	❶ 分為「接頭辭」和「接尾辭」 ❷ 和其他單語融合，成為「一個單語」 「接辭」詳細解說請參照【第一章/第四節/11 接辭】（P162）
附屬語	❶ 分為「助詞」和「助述詞」（請一併參考下頁） ❷ 接續在其他單語後面，形成「一個文節」

接辭〈例〉：

接頭辭： お ＋金 ⇒ お金 （一個單語）
接尾辭： 山田＋ さん ⇒ 山田さん （一個單語）

> 不是「文節」，無法確定在「文」中的角色（語分類）

附屬語〈例〉：

助詞： 背＋ が ⇒ 背が （一個文節）
助述詞： 高い＋ です ⇒ 高いです （一個文節）

> 已是「文節」，可以確定在「文」中的角色（語分類）

【圖表 3】 相關說明

「附屬語」可以分類為「助詞」和「助述詞」

「附屬語」可以再分成「助詞」及「助述詞」，兩種附屬語說明如下：

	比較
助詞	❶ 附屬在「單語」後面 ❷ 表示「所附屬的自立語」在「文」中的意義 ❸ 沒有 「否定形、過去形…」等的變化
助述詞	❶ 附屬在「用言」（動詞・い形容詞・な形容詞）或是「體言」（名詞）後面，形成述語（述部） ❷ 有 「否定形、過去形…」等的變化

以前述例文說明，句中「附屬語」是 ──「が」「は」「の」「です」。

〔附屬語〕助詞　　　　　〔附屬語〕助述詞

この背が高い子は姉の息子です。

助詞：が 附屬在「背」（自立語）後面，在這裡表示「焦點」。表示「背」在「文」中的意義是「高い」的「焦點」。

助詞：は 附屬在「子」（自立語）後面，在這裡表示「主題」。表示「子」在「文」中的意義是「主題」。

助詞：の 附屬在「姉」（自立語）後面，在這裡表示「所屬」。表示在「文」中「姉」和「息子」的關係是「所屬」。

助述詞：です 附屬在「息子」（體言）後面，形成「述語」。

這裡先簡要說明「助詞」「助述詞」，詳細解說請參照：
【第一章/第四節/9 助述詞、10 助詞】（P102、P104）。

「語分類」與「品詞分類」對應關係表

「語分類」和「品詞分類」的對應關係，如下表所示：

圖表 4

－：表示「無對應關係」

○：表示「有對應關係」

△：表示「有對應關係，但較少使用」

* 註 8

		品 詞 分 類							
		感應詞	接續詞	連體詞	副詞	名詞	な形容詞	い形容詞	動詞
語 分 類	主題	－	－	－	－	○	－	－	－
	修飾語	－	－	○	○	○	○	○	○
	補足語	－	－	－	－	○	－	－	－
	述語	－	－	－	△ * 註 9	○ * 註 10	○	○	○
	接續語	－	○	－	－	－	－	－	－
	獨立語	○	－	－	－	△ * 註 11	－	－	－

（ * 註 8、9、10、11　詳見 P073）

*註 6

「名詞」本身沒有變化，接續「判定助述詞：だ・です・である」就能表現變化。

*註 7

為什麼表示「可當主題」「可當述語」。使用「可當～」的原因是：

● 「名詞」除了當作「主題」，還可以當作「補足語」、「修飾語」、「述語（名詞＋助述詞）」。「名詞」可以扮演多種角色。

→ 當作「主題」只是「名詞」的「語分類角色」之一，所以使用「可當主題」。

● 「動詞」「い形容詞」「な形容詞」除了當作「述語」，還可以當作「修飾語」。

→ 當作「述語」只是這三種品詞的「語分類角色」之一，所以使用「可當述語」。

*註 8

「動詞」「い形容詞」「な形容詞」如果搭配「形式名詞」，能夠作為「主題」或「補足語」。詳細說明請參照【第二章/第三節】（P230）。

*註 9

雖然「副詞」很少作為「述語」，但有時候還是會作為「述語」使用。

*註 10

「名詞」接續「助述詞：だ・です・である等」，能夠作為「述語」。

*註 11

「名詞」作為「獨立語」，除了【第一章/第二節/5 獨立語】（P050）文例「お金、…」的「表達提示」用法，還有「叫喚某人」的時候：

山田君（やまだくん）！久（ひさ）しぶりですね。（山田同學，好久不見了耶。）

「山田君」（名詞）作為「獨立語」。

下頁起，將逐一介紹「各種品詞」。

1 動詞

「動詞」可以表達「動作」或「狀態」

「動詞」主要是用來「表達動作」的單語。

雖然大部分的「動詞」都是表達「動作」，但必須注意的是：其中也有「不是表達動作」，而是「表達狀態」的動詞。

接下來，介紹〔a〕〔b〕〔c〕〔d〕〔e〕五種將動詞分類的方法。大家不需要一開始就急著記下每一種分類名稱，重要的是，了解每一種分類的內涵。

〔a〕動作動詞・狀態動詞

動作動詞：表示 動作 的動詞

た
食べます〔吃〕

ある
歩きます〔步行〕

ね
寝ます〔睡覺〕

あ
開けます〔打開〕

き
来ます〔來〕

…等等

狀態動詞：表示 狀態 的動詞

あります〔有（物品）〕

います〔有（人或動物）〕

な
慣れます〔習慣〕

すぐ
優れます〔傑出〕

わかります〔瞭解〕

…等等

〔b〕瞬間動詞・繼續動詞

瞬間動詞 ： 動作瞬間完成 的動作動詞

起きます〔起身〕 出ます〔出現、出發〕 立ちます〔站起〕 …等等

繼續動詞 ： 動作需要持續一段時間 的動作動詞

働きます〔工作〕 遊びます〔玩〕 歩きます〔步行〕 …等等

說明

例如〔寝ます〕這一個動詞：

- 如果意思是〔躺下〕 → 分類為〔瞬間動詞〕
- 如果意思是〔睡覺〕 → 分類為〔繼續動詞〕

「分類」是為了瞭解「動詞」的內涵，並非一定要歸屬為哪一類才對。

〔c〕意志動詞・非意志動詞

意志動詞 ： 依據意志而進行 的動詞

歩きます〔步行〕 寝ます〔睡覺〕 働きます〔工作〕 使います〔使用〕
…等等

非意志動詞 ： 與意志無關 的動詞

（雨が）降ります〔下（雨）〕 （病気が）治ります〔（疾病）痊癒〕
…等等

〔d〕他動詞・自動詞

他動詞： 有動作作用對象 的動詞

動作：會及於其「他」

(ご飯を) 食べます〔吃（飯）〕　(本を) 読みます〔閱讀（書）〕
動作作用對象　　　　　　　　　　　　動作作用對象

…等等

自動詞： 沒有動作作用對象 的動詞

動作：「自」己就完成

寝ます〔睡覺〕　(雨が) 降ります〔下（雨）〕　歩きます〔步行〕

…等等

〔e〕第Ⅰ類動詞・第Ⅱ類動詞・第Ⅲ類動詞

這一種分類方法，是從「動詞變化的觀點」，所產生的「文法上的動詞分類」。

所有的「動詞」，都能夠根據「動詞變化的方法」，區分為是屬於「第Ⅰ類動詞」、「第Ⅱ類動詞」或是「第Ⅲ類動詞」。

關於「動詞變化」的詳細介紹，請參照【第二章/第二節】（P176）。

第 I 類動詞

飲みます ⇒ 飲まない ・ 飲みます ・ 飲む ・ 飲めば ・ 飲もう …
〔喝〕　　　ない形　　ます形　　辭書形　　條件形　　意向形

第 II 類動詞

食べます ⇒ 食べない ・ 食べます ・ 食べる ・ 食べれば ・ 食べよう …
〔吃〕　　　ない形　　ます形　　辭書形　　條件形　　意向形

第 III 類動詞

します ⇒ しない ・ します ・ する ・ すれば ・ しよう …
〔做〕　　ない形　　ます形　辭書形　　條件形　　意向形

從上述可以發現，「第Ⅲ類動詞」甚至連「開頭的發音」，都會產生變化，所以定義為「不規則變化動詞」。

<u>日語只有兩個「不規則變化動詞」——「します」（做）和「来ます」（來）。</u>
學習時不需要擔心，並沒有很多「不規則變化動詞」需要特別記憶。

總結：動詞

看了上述這麼多分類，或許會覺得「動詞的類型又多又複雜」。其實最重要的，請先牢記這一點就好：

<u>「動詞大多是表示〔動作〕的單語，但也有表示〔狀態〕的動詞」。</u>

2 い形容詞

「い形容詞」的「特徵」

「形容詞」是用來「形容人或事物的狀態」、「表達情緒」等的單語。

日語的「形容詞」可以大致分成兩種，其中之一是「い形容詞」。

「い形容詞」的特徵，就是：**全部的「い形容詞」都是以「～い」結尾。**
因此，這一類才會被稱為「い形容詞」。

列舉「い形容詞」

い形容詞

おいしい〔好吃的〕　美しい〔美麗的〕　楽しい〔愉快的〕

大きい〔大的〕　怖い〔恐怖的〕　涼しい〔涼爽的〕

忙しい〔忙碌的〕　暑い〔炎熱的〕　…等等

3 な形容詞

「な形容詞」的「特徵」

前面提過，日語的「形容詞」可以大致分成兩種， 一種是「い形容詞」；另一種就是「な形容詞」。

「な形容詞」沒有固定的語尾。少數的「な形容詞」也會以「～い」結尾，容易誤以為是「い形容詞」，必須特別注意。

這一類形容詞被稱為「な形容詞」的原因，是因為：
接續「名詞」的時候，會出現「な」。

列舉「な形容詞」

な形容詞

にぎやか〔熱鬧〕　　　静か〔安靜〕　　　元気〔有精神〕

きれい（綺麗）〔漂亮〕　　嫌い〔討厭〕　　楽〔輕鬆〕　　…等等

↑　　　　　　　　↑

語尾是「～い」，但實際是「な形容詞」。

な形容詞＋な＋名詞

にぎやか な 街（熱鬧的城市）　　楽 な 仕事（輕鬆的工作）

きれい な 女性（漂亮的女生）　　嫌い な 人（討厭的人）

4 名詞

「名詞」的「功能」

<u>「名詞」主要是用來「表示人、事物等名稱」的單語。</u>

除了表示「有形的」事物名稱，也可以表示例如「時間」、「夏天」等，「無形的」事物名稱。

另外，有一些「名詞」的意思「包含動作」，如果在這樣的名詞後面加上「します」，就能作為「動詞」使用。

<u>這樣的名詞，稱為「動作性名詞」。</u>

列舉「動作性名詞」

動作性名詞

| べんきょう
勉強
動作性名詞 | 〔讀書〕＋ します | → | べんきょう
勉強します
動詞 |

| りょこう
旅行
動作性名詞 | 〔旅行〕＋ します | → | りょこう
旅行します
動詞 |

| アルバイト
動作性名詞 | 〔打工〕＋ します | → | アルバイトします
動詞 |

容易誤以為是「形容詞」的「名詞」

有一些「單語」的意義很像「形容詞」，但是「文法性質」卻屬於「品詞分類」的「名詞」。這一點要特別注意。

┌─── 恐怖〔恐怖〕 親和〔和睦〕 快楽〔快樂〕 …等等
│
└──→ 意義很像「形容詞」，實際是「名詞」。

是「な形容詞」，也是「名詞」

有一些單語，同時具有「な形容詞」和「名詞」的用法。既可以作為「な形容詞」，也可以作為「名詞」使用。

例如「健康」（健康）這一個單語：

【な形容詞】用法

健康な 体 （健康的身體）

「な形容詞」接續「名詞」的時候，會出現「な」。

【名詞】用法

健康 を大切にしたい。 （想要注重健康。）

5 副詞

「副詞」的「功能」

「副詞」主要是用來「修飾用言」（動詞・い形容詞・な形容詞）的單語。

「副詞」修飾「用言」

「副詞」主要用來「修飾用言」，但也有少數「修飾用言以外」的情況。
這裡先介紹「副詞」修飾「用言」的文例：

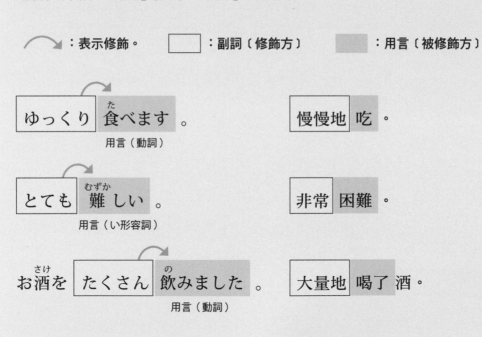

「副詞」的位置

- 「副詞」的位置，會在「所修飾的用言前面」。

- 「副詞」沒有緊接著「用言」也沒有關係；但是如果兩者距離太遠，
  就會變得不容易理解文意。

為了清楚呈現文意，「副詞」和「所修飾的用言」接近一點比較理想。

下方的例文，意思都是：昨天晚上，我 大量地 喝了 酒。

副詞【緊接】用言：理想

昨日の夜、私 はお酒を たくさん 飲みました 。
用言（動詞）

副詞【接近】用言：理想

昨日の夜、私 は たくさん お酒を 飲みました 。
用言（動詞）

副詞【遠離】用言：可以這麼說，但兩者距離太遠，不理想

たくさん 昨日の夜、私 はお酒を 飲みました 。
用言（動詞）

「副詞」不只修飾「用言」

因為「副詞」通常連接「用言」，因此，可能會覺得把它稱為「連用詞」（連接用言的品詞），似乎比較合理。

但事實上，「副詞」除了修飾「用言」，也有修飾「用言以外」的情況。也就是，「副詞」可能連接「用言以外」的內容。

「副詞」修飾「用言以外」的情況雖然不多，但仍然是有的。所以終究不適合將「副詞」稱為「連用詞」。

下頁將介紹「副詞」修飾「用言以外」的文例。

少數的情況：「副詞」修飾「用言以外」

以下介紹「副詞」修飾「用言以外」的文例：

⤸：表示修飾。　　☐：副詞（修飾方）　　▨：被修飾方

修飾【名詞】

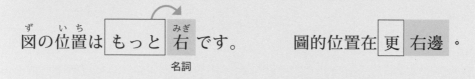

図の位置は もっと 右 です。　　圖的位置在 更 右邊。

〔副詞〕「もっと」修飾〔名詞〕「右」。

雖然「もっと」可以修飾「名詞」。但是相較之下，「もっと」較常使用的，還是「修飾用言」的用法。例如：

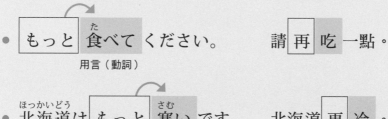

• もっと 食べて ください。　　請 再 吃 一點。

• 北海道は もっと 寒い です。　　北海道 更 冷。

修飾【副詞】

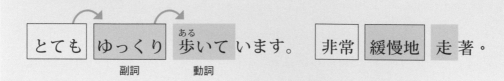

とても ゆっくり 歩いて います。　　非常 緩慢地 走 著。

〔副詞〕「とても」修飾〔副詞〕「ゆっくり」。

修飾【文】

たぶん、山田さんはお盆休みはどこも行かないで家でゆっくり過ごすでしょう。

文（句子）

或許，山田先生在盂蘭盆假期時，哪裡也不去，就在家裡悠閒待著吧。

〔副詞〕「たぶん」修飾「文」，也就是修飾「藍底的全部內容」。

作為【述語】

除了「修飾」的功能之外，副詞有時候也可以作為「述語」使用：

ゴルフクラブの握り方は こう です。 高爾夫球桿的握法是 這樣 。

述語

〔副詞〕「こう」搭配〔助述詞〕「です」作為「述語」。

下方補充「こう」修飾「用言」的用法：

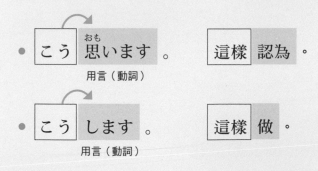

- こう 思います 。 這樣 認為 。

用言（動詞）

- こう します 。 這樣 做 。

用言（動詞）

總結：副詞

列舉許多「副詞修飾用言以外」的用法，大家可能會覺得非常複雜。其實，相較於「副詞修飾用言」，**「副詞修飾用言以外」，是比較少見的**。所以只要先瞭解一開始時說明的：**「副詞主要是用來修飾用言的單語」**，這一點是最重要的。

6 連體詞

「連體詞」的「功能」

「連體詞」是用來「修飾體言」（名詞）的單語。

因為專門修飾「體言（＝名詞）」，所以「一定會和名詞一起出現」。

「連體詞」修飾「體言」

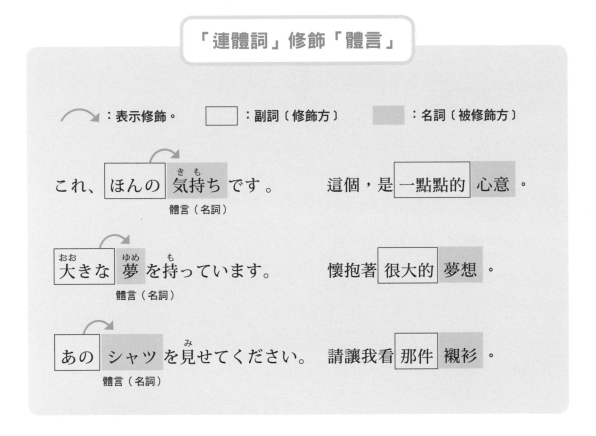

「連體詞」的位置

- 和「副詞」一樣，「連體詞」的位置，會在「所修飾的體言（名詞）前面」。

- 「連體詞」沒有緊接「體言」也沒有關係；但是如果兩者距離太遠，就會變得不容易理解文意。

為了清楚呈現文意，「連體詞」和「所修飾的體言」，兩者接近一點，是比較理想的。

連體詞【緊接】體言

あの シャツ を見せてください。　　　請讓我看 那件 襯衫。
体言（名詞）

連體詞【接近】體言

あの 赤い シャツ を見せてください。　　　請讓我看 那件 紅的 襯衫。
体言（名詞）

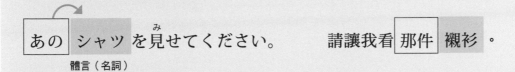

〔**名詞**〕あれ・〔**連體詞**〕あの

〔あれ〕（這～）── 名　詞
〔あの〕（這個～）── 連體詞

正：あれは 私 のシャツです。　　　那件是我的襯衫。

> *「あれ」是「名詞」，可以單獨出現。

誤：あのは 私 のシャツです。

> *「あの」是「連體詞」，不會單獨出現，一定要接續「名詞」。

正：あの シャツ は 私 のです。　　　那件 襯衫 是我的。

> *「あの」是「連體詞」，和「シャツ〔＝名詞〕」一起出現是正確的。

和「あれ」（名　詞）同系列的還有──「これ・それ・どれ」
和「あの」（連體詞）同系列的還有──「この・その・どの」

→「これ・この」、「それ・その」、「どれ・どの」的差異，
　也和「あれ・あの」相同。

〔形容詞〕大きい・〔連體詞〕大きな

〔大きい〕（大的）──形容詞
〔大きな〕（大的）──連體詞

「大きい」和「大きな」是兩個不同的單語。
「大きな」是「連體詞」，必須搭配「體言」一起出現。

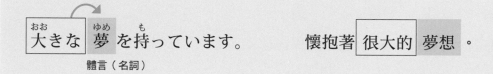

大きな 夢 を持っています。　　懐抱著 很大的 夢想 。
體言（名詞）

比較兩者用法如下：

正：私 の 会社は大きいです。　　我的公司很大。

　　*「大きい」是「い形容詞」，可以單獨出現。

誤：私 の 会社は大きなです。

　　*「大きな」是「連體詞」，不會單獨出現，一定要接續「名詞」。

和「大きい」（い形容詞）意思相反的是 ——「小さい」（小的）
和「大きな」（連體詞）意思相反的是 ——「小さな」（小的）

→「小さい・小さな」的差異，也和「大きい・大きな」相同。

「連體詞」的「否定形」和「過去形」

「連體詞」無法直接表現「否定形」或「過去形」，必須透過「連體詞」
所接續的「名詞」來呈現各種變化。

正： 私の会社は<u>大きくない</u>です。　　　　　　我的公司不大。

　　*「大きい」是「い形容詞」，可以做「否定形」變化。

誤： 私の会社は大きなじゃありません。

　　*「大きな」是「連體詞」，無法做「否定形」變化。

正： 私の会社は 大きな 会社 じゃありません。我的公司不是大公司。

　　*「大きな」和「会社〔＝名詞〕」一起出現的話，可以透過「名詞」
　　　表現「否定形」。

為什麼「大きな」不是「な形容詞」？

也許有人有這樣的疑惑 ——「大きな」的後面有「な」，難道不是「な形
容詞」嗎？請看下面的比較，就知道「大きな」並非「な形容詞」。

以「静か」（な形容詞）和「大きな」（連體詞）對比說明：

【連接名詞】的比較

- な形容詞　　　　静^{しず}かな 町^{まち}　　　　安靜的 城鎮
- 連體詞　　　　　大^{おお}きな 会社^{かいしゃ}　　　大的 公司

〔静か〕：是「な形容詞」，連接「名詞」時，會出現「な」。

〔大きな〕：是「連體詞」，連接「名詞」時，是「大きな＋名詞」。

→ 因為「大きな」連接「名詞」時也看到「な」，
　所以容易誤以為「大きな」是「な形容詞」。

【單獨出現】的比較

- な形容詞

正：この町^{まち}は静^{しず}かです。　　　　　　這個城鎮很安靜。

　　*「静か」是「な形容詞」，可以單獨出現。

- 連體詞

誤：私^{わたし}の会社^{かいしゃ}は大^{おお}きなです。

　　*「大きな」是「連體詞」，不會單獨出現，一定要接續「名詞」。

誤：私^{わたし}の会社^{かいしゃ}は大^{おお}きです。

　　*沒有「大き」這個單語。
　　*「大きな」的「な」是「構成單語的音節之一」，並非「連接名詞的 な」。
　　　所以缺少「な」就不是正確的單語。

「大きな」和「小さな」都是「連體詞」

也就是說：

「大<ruby>きな<rt>おお</rt></ruby>」是「お・お・き・な」四個音節所構成的「連體詞」。

前面提到，和「大<ruby>きな<rt>おお</rt></ruby>」（連體詞）意思相反的是「小<ruby>さな<rt>ちい</rt></ruby>」（小的）。

「小<ruby>さな<rt>ちい</rt></ruby>」也是如此：

「小<ruby>さな<rt>ちい</rt></ruby>」是「ち・い・さ・な」四個音節所構成的「連體詞」。

7 接續詞

「接續詞」的「由來」

有許多「接續詞」都是從「其他品詞」衍生而來的。例如：

來自　動詞　　　　　　　　：したがいます ⇒ したがって　因此
　　　　　　　　　　　　　　　　随著

來自　名詞　　　　　　　　：一方 ⇒ 一方　另一方面
　　　　　　　　　　　　　　一方面

來自　名詞＋助詞　　　　　：おまけ＋に ⇒ おまけに　再加上
　　　　　　　　　　　　　　另外附加　〔助詞〕

來自　名詞（指示詞）＋助詞：それ＋から ⇒ それから　還有、然後
　　　　　　　　　　　　　　那個　　　〔助詞〕

來自　副詞（指示詞）＋動詞：そう＋して ⇒ そうして ⇒ そして　然後
　　　　　　　　　　　　　　那樣　做　　　那樣做

另外，還有無法稱為「單語」，但功能相當於「接續詞」的，就是「接續部」。

〈例〉

それ〔名詞〕＋に〔助詞〕＋ 対して〔動詞〕⇒ それに対して　相對地～
那個　　　　　　　　　　　對於　　　　　　　接續部

「接續詞」的「功能」

「接續詞」是表示「前一個文」和「後一個文」關係的單語。
有時候，也可以表示「單一文中」，「單語和單語」的關係。

「接續詞」的文例說明

表示「文」和「文」的關係

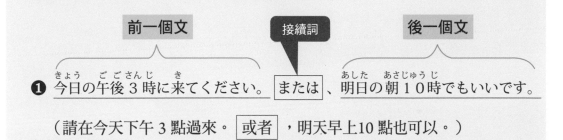

❶ 今日の午後３時に来てください。 または 、明日の朝１０時でもいいです。

（請在今天下午３點過來。 或者 ，明天早上10點也可以。）

* 接續詞「または」表示「前一個文」和「後一個文」關係是「……。或者，……。」

表示「單語」和「單語」的關係

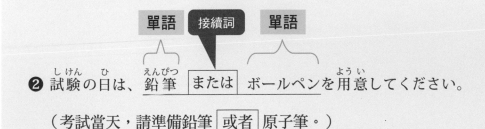

❷ 試験の日は、鉛筆 または ボールペンを用意してください。

（考試當天，請準備鉛筆 或者 原子筆。）

* 接續詞「または」表示「鉛筆」和「ボールペン」關係是「…… 或者 ……」。

功能類似「接續詞」的 ──〔1〕助詞（接續助詞）

功能與「接續詞」類似的，有「助詞」之中的「接續助詞」和「並立助詞」。將分為〔1〕〔2〕進行說明。

接續助詞

「接續詞」是表示「前一個文」和「後一個文」關係的單語。

但在「單一文中」，連接「前面的節」和「後面的節」的，不是「接續詞」，而是「助詞（接續助詞）」。

「節」的相關說明，請參照【第一章/第一節/3「節」和「文」】（P032）。

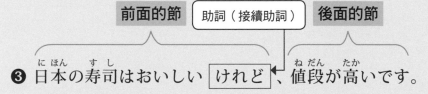

❸ 日本の寿司はおいしい けれど 、値段が高いです。

（日本的壽司很好吃， 但是 價格昂貴。）

> * 助詞「けれど」表示「前面的節」和「後面的節」關係是「……，但是……」。

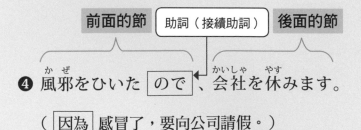

❹ 風邪をひいた ので 、会社を休みます。

（ 因為 感冒了，要向公司請假。）

> * 助詞「ので」表示「前面的節」和「後面的節」關係是「因為……，……」。

既是「助詞（接續助詞）」，也是「接續詞」

有一些單語，可以當作「助詞（接續助詞）」，也可以當作「接續詞」。
例如上述例文的「けれど」。

- 〔けれど〕當作：助詞（接續助詞）

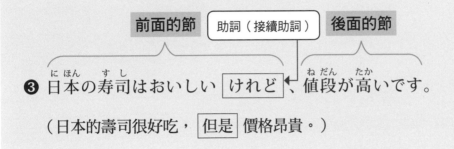

❸ 日本の寿司はおいしい けれど 、値段が高いです。

（日本的壽司很好吃， 但是 價格昂貴。）

說明 「けれど」出現在「文」的「中間」：表示「前面的節」和「後面
的節」的關係，屬於「助詞（接續助詞）」的用法。

- 〔けれど〕當作：接續詞

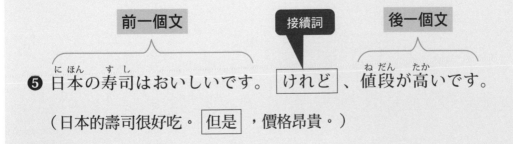

❺ 日本の寿司はおいしいです。 けれど 、値段が高いです。

（日本的壽司很好吃。 但是 ，價格昂貴。）

說明 「けれど」出現在「文」的「開頭」，表示「前面的文」和「後面
的文」的關係，屬於「接續詞」的用法。

功能類似「接續詞」的 ──〔2〕助詞（並立助詞）

並立助詞

「接續詞」除了表示「前一個文」和「後一個文」的關係，也可以表示「單一文中」，「單語和單語」的關係。

表達「單語和單語」的關係，除了「接續詞」，還有「助詞（並立助詞）」。

- ## 助詞（並立助詞）：表示單語和單語的關係

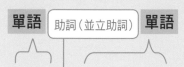

❻ 試験の日は、鉛筆 か ボールペン を用意してください。

（考試當天，請準備鉛筆 或者 原子筆。）

> * 助詞「か」表示「鉛筆」和「ボールペン」關係是「…… 或者 ……」。

- ## 接續詞：表示單語和單語的關係

❷ 試験の日は、鉛筆 または ボールペンを用意してください。

（考試當天，請準備鉛筆 或者 原子筆。）

> * 接續詞「または」表示「鉛筆」和「ボールペン」關係是「…… 或者 ……」。

筆 記 頁

空白一頁，讓你記錄學習心得，也讓下一頁的學習內容，能以跨頁呈現，方便於對照閱讀。

がんばってください。

（請加油！）

〔接續詞〕〔接續助詞〕〔並立助詞〕的判斷方法

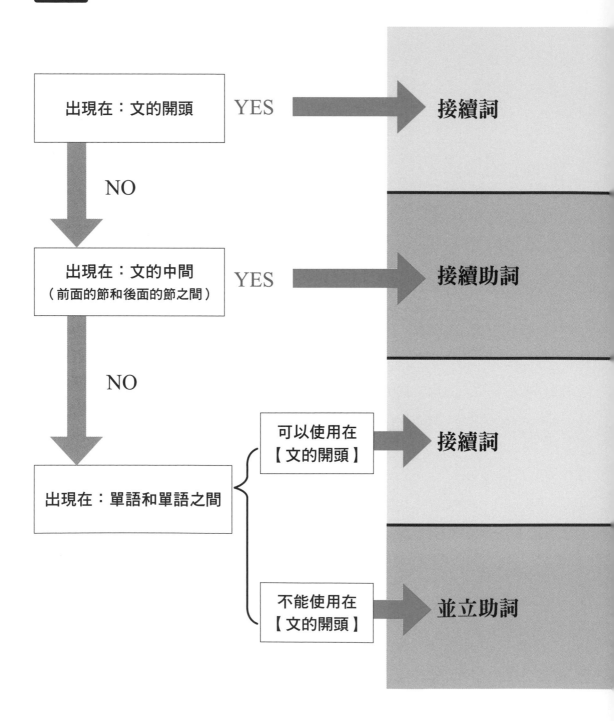

❶ 今日の午後３時に来てください。 文的開頭 または 、明日の朝１０時でもいいです。

（請在今天下午３點過來。或者，明天早上１０點也可以。）

❺ 日本の寿司はおいしいです。 文的開頭 けれど 、値段が高いです。

（日本的壽司很好吃。但是，價格昂貴。）

❸ 日本の寿司はおいしい けれど 、値段が高いです。

（日本的壽司很好吃，但是價格昂貴。）

❹ 風邪をひいた ので 、会社を休みます。

（因為感冒了，要向公司請假。）

❷ 試験の日は、鉛筆 または ボールペンを用意してください。

（考試當天，請準備鉛筆或者原子筆。）

試験の日は、鉛筆を用意してください。 文的開頭 または 、ボールペンでもいいです。

（考試當天，請準備鉛筆。或者，原子筆也可以。）

❻ 試験の日は、鉛筆 か ボールペンを用意してください。

（考試當天，請準備鉛筆或者原子筆。）

試験の日は、鉛筆を用意してください。 文的開頭 か 、ボールペンでもいいです。

8 感應詞

「感應詞」的「功能」

「感應詞」主要表達 ── 驚訝・意外・不滿／同意・不同意／猶豫／叫喚・喚起注意／疑問／感嘆・振奮…等。有些書籍也稱為「感嘆詞」或「感動詞」。

「感應詞」可以放在「文的開頭」，也可以「單獨使用」。另外，「招呼用語」也算是一種「感應詞」。

「感應詞」的文例說明

接下來，以具體實例說明「感應詞」。 □ 表示「感應詞」。

表達：驚訝
え！ 富士山が噴火したの？
（ 欸！ 富士山火山爆發了？）
え！…

表達：意外
おお 、けっこうおいしいですね。
（ 哇 ，相當好吃耶。）
おお、…

表達：不滿
えー 、今日の花火大会は 中止になったの？
（ 欸～ ，今天的煙火大會停辦了？）
えー、…

表達：同意	はい 、 私(わたし) もそう思(おも)います。	はい、…
	（ 對 ，我也那麼覺得。）	

表達：不同意	いいえ 、 違(ちが)います。	いいえ、…
	（ 不對 ，不一樣。）	

表達：叫喚	あのう 、 この写真(しゃしん)をちょっと見(み)て欲(ほ)しいんだけど。
	（ 那個 ，我希望你看一下這張照片。）
	あのう、…

表達：喚起注意	さあ 、 そろそろ行(ゆ)くよ。
	（ 那麼 ，差不多該走囉。）
	さあ、…

表達：疑問	あれ？ ここに置(お)いてあった本(ほん)は…。
	（ 咦？ 原本放在這裡的書…）
	あれ？…

表達：感嘆	ああ 、 なんて美(うつく)しい人(ひと)だ。
	（ 啊～ ，多麼漂亮的人啊！）
	ああ、…

表達：振奮	よし！ がんばるぞ。	よし！…
	（ 好！ 加油吧！）	

招呼用語	こんにちは 、 元気(げんき)ですか。	こんにちは、…
	（ 午安 ，你好嗎？）	

9 助述詞

「助述詞」的「功能」

「**助述詞**」一般稱為「助**動**詞」，本書則將它稱為「助**述**詞」。為什麼稱為「助述詞」呢？因為它的功能是：「**補助述語**」並且「**形成複雜的述語（述部）**」。

最重要的「判定助述詞」

「助述詞」之中最重要的，主要是：接續在名詞後面的「**だ**」「**です**」「**である**」。

名詞本身，是不會產生變化的單語。但是透過「だ」「です」「である」的變化，就能夠表現「名詞」的「過去形」、「否定形」…等等。

「**だ**」「**です**」「**である**」稱為「判定助述詞」，表示「肯定・斷定」。所衍生的相關變化，分別稱為「だ 系列」「です 系列」「である 系列」。**使用哪一個系列的變化形，則會影響日語的「文體」。**

關於「文體」的詳細說明，請參照【第二章/第四節】（P242）。

此外，判定助述詞「だ」「です」「である」如果搭配「形式名詞」——「の」「こと」「もの」「よう」「わけ」「はず」「つもり」，就會形成「新的助述詞」，具有不同的文法功能。本書也把這些，都統稱為「助述詞」。

「助述詞」種類多樣，包含：「のだ」「ことだ」「ものだ」「ようだ」「わけだ」「はずだ」「つもりだ」「みたいだ」「そうだ」「べきだ」「らしい」「まい」等。各個「助述詞」用法，則留待日後的「日語文型」專書再來詳細介紹。

判定助述詞〔だ・です・である〕變化形一覽表

下方以圖表介紹「判定助述詞：だ・です・である」的各種變化形。

圖表6

－：表示「沒有這個變化」

判定助述詞	だ〔系列〕	です〔系列〕	である〔系列〕
現在肯定形	〜だ	〜です	〜である
現在否定形	〜じゃない	〜じゃありません （〜じゃないです）	〜ではない
過去肯定形	〜だった	〜でした	〜であった
過去否定形	〜じゃなかった	〜じゃありませんでした （〜じゃなかったです）	〜ではなかった
て形	〜で	〜でして	〜であって
意向形	〜だろう	〜でしょう	〜であろう
條件形	〜なら	－	〜であれば
た-條件形	〜だったら	〜でしたら	〜であったら
命令形	－	－	〜であれ

10 助詞

「助詞」的「功能」與「特徵」

「助詞」會接續在單語後面，表示「該單語在文中的意義關係」。

「助詞」種類繁多，有些「助詞」使用頻率高，有些則只適用極特定的狀況。
而且，一個助詞未必只有一種用法，可能有數種用法。這一點請特別注意。

逐一介紹「常見助詞」及「重要用法」

接下來，本書將針對「常見助詞」，逐一介紹「重要用法」。

並透過下列方式，表示「助詞」以及「所接續的單語等」：

- ☐：助詞
- ＿＿：因為「助詞」而被賦予「文」中意義的「單語」等等

〈例〉

<u>山田</u>さん ｜は｜ 筑波大学の学生です。（山田先生是筑波大學的學生。）

- ☐：助詞「は」
- ＿＿：因為「助詞 は」而被賦予意義的「單語」是「山田さん」

整理：「常見助詞」及「重要用法」

進入解說之前，先整理「常見助詞」及「重要用法」如下，便於檢索查詢。

助詞	用　　　法		頁碼
は	❶ 主題（＝ 主語）		P 109
	❷ 主題（≠ 主語）		P 110
	❸ 區別・對比		P 111
も	❶ 同上、同前		P 112
	❷ 強調程度 （重、厚、長、大、多）		P 113
の	❶ 所屬・所有・所在・所產		P 114
が	❶ 主體		P 116
	❷ 焦點		P 117
	❸ 逆接＜接續助詞＞		P 118
	❹ 前言＜終助詞＞		P 118
を	❶ 對象	〔a〕動作作用對象	P 120
		〔b〕意識感情對象	P 121
	❷ 移動	〔a〕經過點	P 122
		〔b〕離開點	P 122
		〔c〕方向（非移動）	P 123
に	❶ 動作進行時點		P 124
	❷ 著點	〔a〕動作的對方	P 124
		〔b〕存在位置	P 126
		〔c〕到達點	P 126
		〔d〕進入點	P 127
		〔e〕出現・集合點	P 127
		〔f〕動作歸著點	P 128
		〔g〕接觸點	P 128
		〔h〕分配分母	P 128

助詞	用	法		頁碼
に	❸ 方面		〔a〕方面	P 129
			〔b〕目的	P 130
	❹ 結果			P 130
	❺ 原因・理由			P 131
で	❶ 範圍		〔a〕動作進行地點	P 132
			〔b〕動作單位	P 132
			〔c〕言及範圍	P 133
			〔d〕所需數量・限度	P 134
	❷ 方法		〔a〕移動手段	P 135
			〔b〕手段・工具	P 135
			〔c〕材料	P 136
			〔d〕名目	P 136
			〔e〕樣態	P 136
	❸ 原因・理由			P 137
と	❶ 提示內容			P 138
	❷ 提示對象		〔a〕動作夥伴	P 139
			〔b〕相互動作的對方	P 140
			〔c〕比較基準	P 140
	❸ 列舉（全部）＜並立助詞＞			P 141
へ	❶ 移動・行為方向			P 142
から	❶ 起點		〔a〕起點・經由點	P 144
			〔b〕順序	P 145
			〔c〕動作的對方（授予方）	P 145
			〔d〕動作主	P 146
			〔e〕變化前	P 146
			〔f〕原料	P 147
			〔g〕最小限	P 148
	❷ 原因・理由		〔a〕原因・理由＜接續助詞＞	P 148
			〔b〕遠因・起因	P 149
			〔c〕判斷依據	P 149

助詞	用		法	頁碼
まで	❶ 終點	〔a〕終點・界限		P 150
		〔b〕到達點		P 150
		〔c〕最大限		P 151
より	❶ 比較	〔a〕比較基準		P 152
		〔b〕限定		P 152
	❷ 起點・經由點（＝ から）			P 153
か	❶ 不特定	〔a〕疑問		P 154
		〔b〕反問		P 155
		〔c〕自問		P 156
		〔d〕勸誘		P 156
	❷ 感嘆			P 157
ね	❶ 要求同意・表示同意			P 158
	❷ 再確認			P 158
	❸ 親近・柔和			P 158
	❹ 留住注意			P 159
	❺ 感嘆			P 159
よ	❶ 提醒・通知・勸誘			P 160
	❷ 感嘆			P 161
	❸ 呼籲			P 161
	❹ 看淡			P 161

10 助詞：〔1〕は 的用法

助詞「は」的「功能」與「特徵」

使用助詞「は」，可以提示出「文中的主題」。

要深入介紹之前，請先回想一下，什麼是「主題」？什麼是「主語」？

在前面章節曾經說明：

- 【主題】──提示出「文」所描述內容的範圍。

  【主語】──是「述語（述部）」（動作或狀態）的「主體」。

- 有時候，「主題」＝「述語（述部）的主語」；

  有時候，「主題」≠「述語（述部）的主語」。

- 日語的「主語」概念，和英語不同；

  日語可以「省略主語」或者「不需要主語」。

上述相關說明，請參照：

「主題」「主語」──【第一章/第二節/4 主題】（P046）

「述語」──────【第一章/第二節/1 述語】（P038）

「述部」──────【第一章/第三節/2 述部】（P062）

下頁起，將依序介紹助詞「は」的「三種常見用法」。

- 山田さん　は　筑波大学の学生です。（山田先生是筑波大學的學生。）
　　主題
　　主語

* 助詞「は」提示出「文中的主題」是〔山田さん〕。

* 〔山田さん〕是述語「学生です」的「狀態主體」，是「主語」。

* 主題 ＝ 主語。

- このコピー機　は　壊れています。　（這台影印機壞了。）
　　　　主題
　　　　主語

* 助詞「は」提示出「文中的主題」是〔このコピー機〕。

* 〔このコピー機〕是述語（述部）「壊れています」的「狀態主體」，是「主語」。

* 主題 ＝ 主語。

- 高橋さん　は　とてもきれいです。　（高橋小姐非常漂亮。）
　　　主題
　　　主語

* 助詞「は」提示出「文中的主題」是〔高橋さん〕。

* 〔高橋さん〕是述語「きれいです」的「狀態主體」，是「主語」。

* 主題 ＝ 主語。

- 私　は　友達に電話をかけます。　（我要打電話給朋友。）
　主題
　主語

* 助詞「は」提示出「文中的主題」是〔私〕。

* 〔私〕是述語「かけます」的「動作主體」，是「主語」。

* 主題 ＝ 主語。

は ❷ 主題（ ≠ 主語）

● この弁当 は 妻が作りました。　　（這個便當是太太做的。）
　　主題　　　　主語

* 助詞「は」提示出「文中的主題」是〔この弁当〕。
* 〔妻〕是述語「作りました」的「動作主體」，是「主語」。
* 主題 ≠ 主語。

● 象 は 鼻が長いです。　　（大象的鼻子很長。）
　主題　　主語

* 助詞「は」提示出「文中的主題」是〔象〕。
* 〔鼻〕是述語「長いです」的「狀態主體」，是「主語」。
* 主題 ≠ 主語。

● 荷物 は ここに置いてください。　　（行李請放在這裡。）
　　主題

* 助詞「は」提示出「文中的主題」是〔荷物〕。
* 述語「置いて」的「動作主體」是「被要求的人」，「被要求的人」是「主語」。
* 主題 ≠ 主語。

● 鈴木さん は 事務所です。　　（鈴木先生在事務所。）
　　主題

* 助詞「は」提示出「文中的主題」是〔鈴木さん〕。
* 述語「事務所です」是「鈴木さん所在的場所」。
* 「鈴木さん」不是述語「事務所です」的「動作或狀態主體」，不是「主語」。
* 主題 ≠ 主語。

助詞「は」除了提示出「文中的主題」，還可以表示「區別」及「對比」。

- 果物をよく食べますが、りんご は 嫌いです。
  （雖然經常吃水果，但是蘋果的話，是討厭的。）

  * 助詞「は」表示〔りんご〕是「區別的對象」。
  * 【區別】的意思是：在多數之中，提及其中一項，來和其他的做區別。
  * 水果種類繁多，提及〔りんご〕（討厭的水果）來和〔其他的〕（喜歡的水果）
    做區別。所以使用「りんごは」。

- 土曜日 は 働 きますが、日曜日 は 休みます。
  （星期六要上班，星期天則放假。）

  * 兩個助詞「は」表示「對比」〔土曜日〕和〔日曜日〕。
  * 【對比】的意思是：「兩者」進行「對照比較」。
  * 對比〔土曜日〕和〔日曜日〕是「上班」和「放假」。所以使用「土曜日は」
    「日曜日は」。

10 助詞：〔2〕も 的用法

も ❶ 同上、同前

助詞「も」可以表示：和「前面的文所描述的內容或狀況」相同。

- 私は日本人です。 山田さん も 日本人です。
  <small>わたし</small> <small>にほんじん</small> <small>やまだ</small> <small>にほんじん</small>

  （我是日本人。山田先生也是日本人。）

* 助詞「も」接續在「山田さん」後面，表示〔山田さん〕和「前面的文所描述的內容
  或狀況相同」（＝是日本人）。

- 鈴木：じゃあ、僕はカレーライス。 田中さんは？
  <small>すずき</small> <small>ぼく</small> <small>たなか</small>
  田中：僕 も 。
  <small>たなか</small> <small>ぼく</small>

  （鈴木：那麼，我要點咖哩飯。田中先生呢？）
  （田中：我也是。）

* 助詞「も」接續在「僕」後面，表示〔僕（＝田中）〕和「前面的文所描述的內容或
  狀況相同」（＝要點咖哩飯）。

注意 ——「も」的位置不同，有不同的語意

助詞「も」表示「同上、同前」，「も」的位置不同，會產生不同的語意。請注意以下三個句子的文意差異：

a 彼女 も 北海道で蟹を食べました。　（她也在北海道吃了螃蟹。）

（＝〔其他人〕吃了螃蟹，〔她〕也吃了。）

b 彼女は北海道で も 蟹を食べました。　（她也有在北海道吃了螃蟹。）

（＝〔在其他地方〕吃了螃蟹，〔在北海道〕也吃了螃蟹。）

c 彼女は北海道で蟹 も 食べました。　（她在北海道也吃了螃蟹。）

（＝吃了〔其他料理〕，也吃了〔螃蟹〕。）

も ❷ 強調程度（重、厚、長、大、多）

助詞「も」表示「強調程度」時，**基本上會接續在「數量詞」後面，強調說話者的主觀感受，認為程度的「重・厚・長・大・多」等，超越一般的狀況。**

- 財布の中に１０万円 も あります。　（錢包裡竟然有 10 萬日圓。）

* 助詞「も」接續在「數量詞」〔10万円〕後面，強調說話者主觀認為：
〔10万円〕是「程度超越平常甚多」的數目。

- みかんを７つ も 食べました。　（竟然吃了 7 顆橘子。）

* 助詞「も」接續在「數量詞」〔7つ〕後面，強調說話者主觀認為：
〔7つ〕是「程度超越平常甚多」的數目。

*「數量詞」請參照【第一章/第四節/12 次要的品詞分類】（P168）

10 助詞：〔3〕の 的用法

助詞「の」的「最重要用法」

助詞「の」的用法多樣，這裡先介紹最重要的 ——「連體修飾」的「の」。
其他的用法，將在日後的「日語助詞」專書再做詳細說明。

の ❶ 所屬・所有・所在・所產

「名詞」接續其他「名詞」時，中間必須使用「接續名詞」的「の」。
「名詞」是「體言」，所以這樣的「の」就稱為「連體修飾」的「の」。

藉由「連體修飾」的「の」，表達「所屬・所有・所在・所產」等關係。

| □ ：助詞 | ＿＿＿：因助詞而被賦予文中意義的「單語」等 | ▨ ：被修飾的「單語」 |

- これは 日本語(にほんご) の 本(ほん) です。 （這是日語的書。）

 *〔名詞：日本語〕接續〔名詞：本〕，使用「連體修飾」的「の」。
 *「日本語の」修飾「本」。
 *「本」的內容屬於「日本語」。
 *助詞「の」表示〔本〕和〔日本語〕是「所屬」關係。

- これは 私(わたし) の 本(ほん) です。　 （這是我的書。）

 *〔名詞：私〕接續〔名詞：本〕，使用「連體修飾」的「の」。
 *「私の」修飾「本」。
 *「本」是「私」所有的東西。
 *助詞「の」表示〔本〕和〔私〕是「所有」關係。

- 机 の 上 にりんごがあります。 （桌子的上面有蘋果。）

*〔名詞：机〕接續〔名詞：上〕，使用「連體修飾」的「の」。

*「机の」修飾「上」。

*「上」的所在是「机」的「上」。

*助詞「の」表示〔上〕和〔机〕是「所在」關係。

- これはフランス の かばん です。 （這是法國的包包。）

*〔名詞：フランス〕接續〔名詞：かばん〕，使用「連體修飾」的「の」。

*「フランスの」修飾「かばん」。

*「かばん」的產地是「フランス」。

*助詞「の」表示〔かばん〕和〔フランス〕是「所產」關係。

注意 ──「の」前後的單語關係，可以有不同的解讀

請注意以下這句話可能的合理解讀：

- これが高橋さん の 写真 です。 （這是高橋先生的相片。）

翻譯字面的意思是「這是高橋先生的相片」。

而所代表的涵義可以是：

⇒ 這是高橋先生所擁有的相片。 （の 表示〔所有〕關係）

⇒ 這是高橋先生被拍照的相片。 （の 表示〔所屬〕關係）

⇒ 這是高橋先生所拍攝的相片。 （の 表示〔所產〕關係）

究竟真實文意是什麼，則必須根據文章和對話的脈絡來判斷。

10 助詞：〔4〕が 的用法

什麼是「格助詞」？

接下來要陸續介紹的，是屬於助詞之中的「**格助詞**」——「が」「を」「に」「で」「と」「へ」「から」「まで」「より」。

「**格助詞**」是非常重要的助詞，主要接續在「名詞」後面，形成「表示該名詞和述語關係」的「補足語」。

が ❶ 主體

日語一定有「述語（述部）」，表示「動作或狀態」，通常位於「文末」（句尾）。「述語（述部）」動作或狀態的「主體」是「主語」。

要表示「述語（述部）」的「主體」（「動作主體」或「狀態主體」），必須使用：「表示主體的助詞」——「が」。

- 雨〔あめ〕が 降〔ふ〕っています。　　（下著雨。）

*〔雨〕是述語（述部）「降っています」的「動作主體」，使用助詞「が」。

- 空〔そら〕が 赤〔あか〕い。　　（天空是紅色的。）

*〔空〕是述語「赤い」的「狀態主體」，使用助詞「が」。

注意

- 當「述語（述部）」的「主語」＝「主題」時，使用助詞「は」。
  → 重點在〔述語（述部）〕請參照【第一章/第四節/10 助詞：〔1〕は 的用法 ❶】（P109）
- 當「述語（述部）」的「主語」≠「主題」時，使用助詞「が」。
  → 重點在〔主語〕

「文」的「主語」可能使用助詞「は」或「が」，兩者強調的內容不同。這裡先做概略提示，細節將在日後的「日語助詞」專書再做論述。

*「補足語」請參照【第一章/第二節/2 補足語】（P040）。
*「述語」請參照【第一章/第二節/1 述語】（P038）；「述部」請參照【第一章/第三節/2 述部】（P062）。

が ❷ 焦點

如果要明確傳達「述語（述部）」的內容，有時候必須說出「具體對象」。這時候需要使用助詞「が」，表示「述語（述部）」的「焦點」。

- イタリア <ruby>料理<rt>りょうり</rt></ruby> が <ruby>好<rt>す</rt></ruby>きです。　　（喜歡義式料理。）

*只有「好きです」（喜歡）時，不知道「喜歡什麼」，文意不明確。
*使用表示焦點的「が」，明確表示「好きです」的「對象」是〔イタリア料理〕，讓語意明確。

- <ruby>神戸<rt>こうべ</rt></ruby>は<ruby>夜景<rt>やけい</rt></ruby> が きれいです。　　（神戶的夜景很漂亮。）

*只有「きれいです」（漂亮、乾淨）時，不知道「神戶的什麼漂亮，或者神戶的什麼乾淨」，文意不明確。
*使用表示焦點的「が」，明確表示「きれいです」的「對象」是〔夜景〕，讓語意明確。

- <ruby>英語<rt>えいご</rt></ruby> が わかります。　　　　　（懂英語。）

*只有「わかります」（懂）時，不知道「懂什麼」，文意不明確。
*使用表示焦點的「が」，明確表示「わかります」的「對象」是〔英語〕，讓語意明確。

❸ ❹ 是「非格助詞」的重要用法

接下來要介紹的 ❸ ❹ 兩種用法，不屬於「格助詞」，但也是助詞「が」相當重要的用法。

が ❸ 逆接 ＜接續助詞＞

當「文」的「前半」和「後半」，邏輯或理論上呈現「對立」時，需要使用表示「逆接」的助詞「が」。

- お寿司はおいしいです が 、高いです。 （壽司很好吃，但是很貴。）

  *〔文的前半〕—「おいしいです」對消費者而言，屬於「正面」的訊息。
  *〔文的後半〕—「高いです」對消費者而言，屬於「負面」的訊息。
  *〔前半〕和〔後半〕的邏輯呈現「對立」，使用助詞「が」表示前後的「逆接關係」。

- 図書館へ行きました が 、休みでした。 （去了圖書館，但是休館了。）

  *〔文的前半〕—「図書館へ行きました」（去了圖書館）。
  *〔文的後半〕—「休みでした」（休息了）。
  *〔前半〕和〔後半〕的邏輯呈現「對立」，使用助詞「が」表示前後的「逆接關係」。

が ❹ 前言 ＜終助詞＞

事前說明

生活中的某些對話，有時候需要一些開場白，再進入主要的溝通內容，這樣比較不會讓人覺得唐突失禮。

例如，打電話給對方的時候，進入正題之前，「先報上自己的名字」當然比較好。**這個「先說一下比較好的部分」，就要使用「表示前言」的助詞「が」。**

- 三岡 商 事の山本です が 、原田課 長 はいらっしゃいますか。

（我是三岡商事的山本，請問原田課長在嗎？）

* 〔先說一下比較好的部分〕——〔三岡商事の山本です〕。
* 〔跟對方溝通的主要部分〕——〔原田課長はいらっしゃいますか〕。
* 在「先說一下比較好的部分」使用助詞「が」，表示「事前說明」以避免唐突。

微弱的主張

日本人是一個不太凸顯自我主張的民族，表達個人意見、疑惑、心情…等等時，會使用助詞「が」，表示「微弱的主張」。是一種「我說一說個人意見而已，沒那麼重要，不需要認真理睬」的語感。

- A：いつになったら円安になりますか。
  B：う～ん、円高はしばらく続くと思います が …。

（A：要到什麼時候，日幣才會下跌呢？）

（B：嗯…，我覺得日幣會持續上漲一段時間……）

* 〔個人意見〕——〔円高はしばらく続くと思います〕。
* 「個人意見」後面使用助詞「が」，表示「只是個人意見，不用認真理會」的語感。

- あれ？ 部屋には誰もいないはずだ が …。

（咦？房間裡應該沒有任何人啊…。）

* 〔個人疑惑〕——〔部屋には誰もいないはずだ〕。
* 「個人疑惑」後面使用助詞「が」，表示「只是個人意見，不用認真理會」的語感。

- 今日は早く帰りたいのです が …。

（今天想要早一點回去…。）

* 〔個人心情〕——〔今日は早く帰りたいのです〕。
* 「個人心情」後面使用助詞「が」，表示「只是個人意見，不用認真理會」的語感。

10 助詞：〔5〕を 的用法

を ❶ 對象

〔a〕動作作用對象

「動詞」可以分為「動作動詞」和「狀態動詞」。而「動作動詞」還可以區分為「有動作作用對象」的「**他動詞**」，以及「**沒有動作作用對象**」的「**自動詞**」。

助詞「を」可以表示「他動詞的動作作用對象」，搭配「他動詞」使用。

● 昼ご飯 を 食べます。（吃午餐。）

　*〔動作作用對象〕昼ご飯 ＋〔助詞〕を ＋〔他動詞〕食べます。

● お湯 を 沸かします。（燒開水。）

　*〔動作作用對象〕お湯 ＋〔助詞〕を ＋〔他動詞〕沸かします。
　*「お湯を」屬於「結果目的語」。請看下方說明。

　　　　　 注意 —— 什麼是「結果目的語」？

上方例文「お湯を沸かします」。
在這樣的情境中，實際「要煮沸的對象」是「水」。但文中卻把「煮沸了的結果」＝「お湯」（開水）當成「動作作用對象」。

*「動作動詞」「狀態動詞」「他動詞」「自動詞」請參照【第一章/第四節/1 動詞】（P074）

像這樣，把「動作作用結果」當成「動作作用對象」所形成的「補足語」，就稱為「結果目的語」。

「結果目的語」文例說明

- 穴を掘ります。　　　　　　　　　　　　（挖洞。）

*〔挖掘的作用結果〕＝〔穴〕，當成〔挖掘的作用對象〕。
*補足語「穴を」屬於「結果目的語」。

- ケーキを作ります。　　　　　　　　　　（做蛋糕。）

*〔製作的作用結果〕＝〔ケーキ〕，當成〔製作的作用對象〕。
*補足語「ケーキを」屬於「結果目的語」。

〔b〕意識感情對象

如〔a〕所述，助詞「を」表示「動作作用對象」時，後面的動詞必定有具體的動作。**不過有些「動詞」沒有具體動作，主要用來表達「意識」或「強烈情感」，這樣的「意識感情動詞」仍會搭配助詞「を」。**此時的「を」表示「意識感情對象」。

- 図書館の電話番号を知っています。（我知道圖書館的電話號碼。）

*〔意識感情對象〕電話番号 ＋〔助詞〕を ＋〔意識感情動詞〕知っています。

- 彼は彼女を愛しています。　　　　　　　（他愛著她。）

*〔意識感情對象〕彼女 ＋〔助詞〕を ＋〔意識感情動詞〕愛しています。

*「補足語」請參照【第一章/第二節/2 補足語】（P040）

を ❷ 移動

〔a〕經過點

助詞「を」表示「經過點」，主要用來表示「動作等的通過場所」。

- こうえん 公園 を さんぽ 散歩します。　　　　　（在公園散步。）

*〔經過點〕公園 ＋〔助詞〕を ＋〔動作〕散歩します。
*助詞「を」表示〔公園〕是「散歩します」的「通過場所」。
*「散歩します」（散步）是「步行移動、步行通過某地」的概念。不要受到中文說法：「在」某處散步的影響，誤以為「散歩します」是在固定的場所。必須使用助詞「を」表示「散步的地點」。

- はし 橋 を わた 渡ります。　　　　　（過橋。）

*〔經過點〕橋 ＋〔助詞〕を ＋〔動作〕渡ります。
*助詞「を」表示〔橋〕是「渡ります」（渡過）的「通過場所」。

〔b〕離開點

助詞「を」表示「離開點」，表示「動作的離開場所或狀況」。

- バス を お 降ります。　　　　　（下公車。）

*〔離開點〕バス ＋〔助詞〕を ＋〔動作〕降ります。
*助詞「を」表示〔バス〕是「降ります」（下交通工具）的「離開場所」。

- だいがく 大学 を そつぎょう 卒業します。　　　　　（從大學畢業。）

*〔離開點〕大学 ＋〔助詞〕を ＋〔動作〕卒業します。
*助詞「を」表示〔大学〕是「卒業します」（畢業）的「離開場所」。

〔c〕方向（非移動）

助詞「を」表示「方向」，而且後面的動詞「只有改變方向，沒有實際的移動動作」。

- 後ろ を 振り向きます。　　（向後方回頭。）

*〔方向〕後ろ ＋〔助詞〕を ＋〔動作〕振り向きます。
*助詞「を」表示〔後ろ〕是「振り向きます」（回頭）的「方向」。
*「振り向きます」是「改變方向，沒有實際的移動動作」。

- 上 を 向いて歩きます。　　（要朝向高處走。）

*〔方向〕上＋〔助詞〕を ＋〔動作〕向いて。
*助詞「を」表示〔上〕是「向いて」（朝向）的「方向」。
*「向いて」是「改變方向，沒有實際的移動動作」。

10 助詞：〔6〕に 的用法

に ❶ 動作進行時點

助詞「に」表示「動作的進行時點」，接續在「時間相關的單語後面」。

- 今朝は6時 に 起きました。 （今天早上是6點起床。）
  けさ ろくじ　　　お

  *〔時間單語〕6時 ＋〔助詞〕に ＋〔動作〕起きました。
  *助詞「に」表示〔6時〕是「起きました」（起床了）的「進行時點」。

- 8月 に 日本へ行きます。 （8月要去日本。）
  はちがつ　　にほん　い

  *〔時間單語〕8月 ＋〔助詞〕に ＋〔動作〕行きます。
  *助詞「に」表示〔8月〕是「行きます」（去）的「進行時點」。

に ❷ 著點

〔a〕動作的對方

（1）有些動作「自己一個人就能夠完成」，例如：
　　歩きます（歩行）・食べます（吃） …等。
　　ある　　　　　　　　た

（2）有些動作「如果沒有對方，動作就無法完成」，例如：
　　あげます（給予）・渡します（交付）…等。
　　　　　　　　　　わた

使用（2）這一類型的動詞進行表達時，「文」中必須有：
「表示動作對方的助詞」——「に」。

- 私は高橋さんに電話をかけました。（我打了電話給高橋先生。）

*動作…電話をかけました（打了電話）。

*助詞「に」表示〔高橋さん〕是「電話をかけました」這個動作的「對方」
（＝接電話的人）。

- 私は出口先生に日本語を習いました。（我跟出口老師學習了日語。）

*動作…日本語を習いました（學習了日語）。

*助詞「に」表示〔出口先生〕是「日本語を習いました」這個動作的「對方」
（＝教日語的人）。

- 私は母に叱られました。 （我被媽媽罵了。）

*「受身文」也會使用「に」表示「動作的對方」。

*動作…叱られました（被罵了）。

*助詞「に」表示〔母〕是「叱られました」這個動作的「對方」（＝罵人的人）。

- 私は息子に日本語を勉強させます。（我要兒子學習日語。）

*「使役文」也會使用「に」表示「動作的對方」（＝使役對象）。

*動作…日本語を勉強させます（要求某人學習日語）。

*助詞「に」表示〔息子〕是「日本語を勉強させます」這個動作的「對方」
（＝被要求學習的人）。

〔b〕存在位置

助詞「に」表示「人事物的存在位置」。

- 机の上にりんごがあります。　（桌子的上面有蘋果。）

*助詞「に」表示〔机の上〕是「りんご」（蘋果）的「存在位置」。

- 壁にカビが生える。　（牆壁長霉。）

*助詞「に」表示〔壁〕是「カビ」（霉）的「存在位置」。

- 私には子供が二人います。　（我有兩個小孩。）

*除了「具體」的存在位置，「抽象概念」的存在位置，也使用助詞「に」。
*助詞「に」表示〔私〕是「子供」（小孩）的「存在位置」。
*以「小孩存在於我」的「抽象概念存在位置」表示「我擁有小孩」。

〔c〕到達點

助詞「に」表示「移動的到達點」或「目的地」。

- 今、東京駅に着きました。　（現在抵達了東京車站。）

*助詞「に」表示〔東京駅〕是「着きました」（抵達）的「到達點」。

- 富士山に登ります。　（要爬富士山。）

*助詞「に」表示〔富士山〕是「登ります」（登山）的「目的地」。

〔d〕進入點

助詞「に」表示「進入點」，主要用來表示「動作等的進入地點」。

- バス|に|乗^のります。　　　　　　　（搭公車。）

*助詞「に」表示〔バス〕是「乗ります」（搭乘）的「進入點」。

- 教室^{きょうしつ}|に|入^{はい}ります。　　　　　　　（進教室。）

*助詞「に」表示〔教室〕是「入ります」（進入）的「進入點」。

〔e〕出現・集合點

助詞「に」表示「動作的最終出現地點」或「動作的集合地點」。

- 細^{ほそ}い道^{みち}をまっすぐ行^いくと、大^{おお}きな道^{みち}|に|出^でた。
  （順著小路直走的話，就通到了大馬路。）

*助詞「に」表示〔大きな道〕是「出た」（通到了）的「最終出現地點」。

- 会議^{かいぎ}|に|出席^{しゅっせき}します。　　　　（出席會議。）

*助詞「に」表示〔会議〕是「出席します」（出席）的「最終出現地點」。

- 運動場^{うんどうじょう}|に|集^{あつ}まってください。　　（請至操場集合。）

*助詞「に」表示〔運動場〕是「集まって」（集合）的「集合地點」。

〔f〕動作歸著點

助詞「に」表示「動作的最終停留地點」。

- 机の上に資料を置きます。　　（把資料放在桌上。）

* 助詞「に」表示〔机の上〕是「置きます」（放置）的「最終停留地點」。

- 車を駐車場に止めます。　　（把車停在停車場。）

* 助詞「に」表示〔駐車場〕是「止めます」（停止）的「最終停留地點」。

〔g〕接觸點

助詞「に」表示「動作的接觸地點」。

- 頭を壁にぶつけました。　　（頭撞到牆了。）

* 助詞「に」表示〔壁〕是「ぶつけました」（撞到了）的「接觸地點」。

- 公園で友達に会いました。　　（在公園遇見了朋友。）

* 助詞「に」表示〔友達〕是「会いました」（遇見了）的「接觸地點」。
* 「会いました」屬於「抽象的接觸動作」，使用「に」表示「抽象動作的接觸點」
  是「友達」。

〔h〕分配分母

助詞「に」表示「動作的頻率分母」或「動作的分配分母」。

- 一 週 間 に 何回日本語を勉 強 しますか。（一星期學幾次日語呢?）

*助詞「に」表示〔一週間〕是「何回勉強しますか」（學習幾次呢）的「分配分母」。

- 一人 に 三本配ります。　　　（每一個人分配三支。）

*助詞「に」表示〔一人〕是「三本配ります」（分配三支）的「分配分母」。

に ❸ 方面

〔a〕方面

助詞「に」表示「文中述語所論述的，是關於哪一方面的內容」。

- このかばんは 出 張 に 便利だ。（這個包包用於出差很方便。）

*述語 … 便利だ（方便）。
*助詞「に」表示「便利だ」是指對於〔出張〕這方面。

- タバコは 体 に 良くない。　　（香菸對身體不好。）

*述語 … 良くない（不好）。
*助詞「に」表示「良くない」是指對於〔体〕這方面。

- 娘 は 私 に 似ている。　　（女兒和我很相像。）

*述語 … 似ている（相像）。
*助詞「に」表示「似ている」是指對於〔私〕這方面。

〔b〕目的

助詞「に」表示「動作的目的」。

- フランスへデザインの勉強<ruby>勉強<rt>べんきょう</rt></ruby>に行<ruby>行<rt>い</rt></ruby>きたい。（我想去法國學習設計。）

*助詞「に」表示〔デザインの勉強〕是「フランスへ行きたい」的「目的」。

に ❹ 結果

日語動詞之中，有許多的「動詞」都可以表示「變化」。

要表示「變化的結果」或是「決定的結果」，必須使用助詞「に」。

- 信号<ruby>信号<rt>しんごう</rt></ruby>が赤<ruby>赤<rt>あか</rt></ruby>になりました。　（紅綠燈變成紅色了。）

*助詞「に」表示〔赤〕是「なりました」（變成了）的「變化結果」。

- 今日<ruby>今日<rt>きょう</rt></ruby>の晩<ruby>晩<rt>ばん</rt></ruby>ご飯<ruby>飯<rt>はん</rt></ruby>はカレーにしましょう。（今天的晚餐就吃咖哩吧。）

*助詞「に」表示〔カレー〕是「しましょう」（做…吧）的「決定結果」。

* 助詞「から」表示「變化前」，請參照【第一章/第四節/10 助詞：〔10〕から 的用法】（P146）

に ❺ 原因・理由

助詞「に」也可以表示「原因・理由」。

- 貧困（ひんこん）に 苦（くる）しむアフリカの子供（こども）たち。

  （因為貧窮而受苦的非洲孩童們。）

  > *助詞「に」表示〔貧困〕是「苦しむ」（受苦）的「原因・理由」。

注意

助詞「に」表示「原因・理由」是較少見的用法，會話中要表達「原因・理由」時，通常會使用助詞「で」。

* 助詞「で」表示「原因・理由」，請參照【第一章/第四節/10 助詞：〔7〕で 的用法】（P137）

で ❶ 範圍

a 動作進行地點

助詞「で」表示「動作的進行地點」。

- 図書館 で レポートを書きました。 （在圖書館寫了報告。）

*動作 … レポートを書きました（寫了報告）。

*助詞「で」表示〔図書館〕是「レポートを書きました」的「進行地點」。

- 昨晩、ここ で 交通事故がありました。 （昨晚這裡發生了車禍。）

*動作 … 「交通事故がありました」（發生車禍）。

*助詞「で」表示〔ここ〕是「交通事故がありました」的「進行地點」。

*雖然「ありました」不是「表示動作」的動詞，但因為「交通事故」包含「動作的概念」，所以使用「表示動作進行地點」的「で」。

b 動作單位

助詞「で」表示「動作的主體單位」。

- 家族 で ハワイへ旅行に行った。 （一家人去了夏威夷旅行。）

*動作 … ハワイへ旅行に行った（去了夏威夷旅行）。

*助詞「で」表示〔家族〕是「ハワイへ旅行に行った」的「動作主體單位」。

- 自分で勉強しました。　　　　　（自己讀了書。）

*動作 … 勉強しました（讀了書）。

*助詞「で」表示〔自分〕是「勉強しました」的「動作主體單位」。

- 一人で学校へ行きます。　　　　（一個人去上學。）

*動作 … 学校へ行きます（去上學）。

*助詞「で」表示〔一人〕是「学校へ行きます」的「動作主體單位」。

- 送料は弊社の方で負担します。（運費由敝公司負擔。）

*動作 … 負担します（負擔）。

*助詞「で」表示〔弊社の方〕是「負担します」的「動作主體單位」。

c 言及範圍

助詞「で」表示「述語（述部）內容」的「言及範圍」。

- スポーツで何が一番好きですか。（運動之中，你最喜歡什麼呢?）

*述語 … 好きです（喜歡）。

*助詞「で」表示〔スポーツ〕是「好きです」的「言及範圍」。

- 全部で５００円です。　　　　　（全部是 500 日圓。）

*述語 … ５００円です（是 500 日圓）。

*助詞「で」表示〔全部〕是「５００円です」的「言及範圍」。

助詞「で」表示：

（1）「進行或完成動作」的「所需時間、金錢等」。

（2）「變成某種狀態」的「限度」。

- ここから新宿駅まで２０分で行けますか。

（從這裡到新宿車站，20分鐘能夠到達嗎？）

> *動作 … ここから新宿駅まで行けます（從這裡能夠到達新宿車站）。
>
> *助詞「で」表示〔２０分〕（20分鐘）是「ここから新宿駅まで行けます」的「所需時間」。

- ビール二杯で頭がふらふらになる。

（兩杯啤酒的限度，頭就會變得昏昏沉沉。）

> *變成某種狀態 … 頭がふらふらになる（頭會變得昏昏沉沉）。
>
> *助詞「で」表示〔ビール二杯〕（兩杯啤酒）是變成「頭がふらふらになる」的「限度」。

- 今日はこれで終わりましょう。（今天就到這裡結束吧。）

> *變成某種狀態 … 終わりましょう（結束吧）。
>
> *助詞「で」表示〔これ〕（現在這個狀況）是變成「終わりましょう」的「限度」。

で ❷ 方法

a 移動手段

助詞「で」表示「移動時所使用的交通工具等」。

- 昨日はタクシー で 家へ帰りました。（昨天搭計程車回到家。）
  - 昨日（きのう）家（うち）帰（かえ）

  *移動 … 家へ帰りました（回到家）。
  *助詞「で」表示〔タクシー〕是「家へ帰りました」的「移動手段」。

- 日本からアメリカまで飛行機 で １２時間かかります。
  - 日本（にほん）飛行機（ひこうき）１２（じゅうに）時間（じかん）

  （從日本到美國，搭飛機要花 12 個小時。）

  *移動 … 日本からアメリカまで（從日本到美國）。
  *助詞「で」表示〔飛行機〕是「日本からアメリカまで」的「移動手段」。

b 手段・工具

助詞「で」表示「動作行為所使用的手段或工具」。

- 合否の結果は郵便 で お知らせします。
  - 合否（ごうひ）結果（けっか）郵便（ゆうびん）知（し）

  （合格與否的結果，會用郵件通知。）

  *動作 … お知らせします（通知）。
  *助詞「で」表示〔郵便〕是「お知らせします」所使用的「手段」。

- 日本人は箸 で ご飯を食べます。 （日本人用筷子吃飯。）
  - 日本人（にほんじん）箸（はし）飯（はん）食（た）

  *動作 … ご飯を食べます（吃飯）。
  *助詞「で」表示〔箸〕是「ご飯を食べます」所使用的「工具」。

c 材料

助詞「で」表示「製造某物所使用的**材料**」。

如果是「製造某物所使用的**原料**」，則使用助詞「から」。

【材料】──「保有」原本的型態與性質

【原料】──「改變」原本的型態與性質

● ガラス で 作った靴。　　　　　（用玻璃所做的鞋子。）

*助詞「で」表示〔ガラス〕是「靴」的「材料」。

*因為〔ガラス〕保有原本的型態與性質，所以使用表示「材料」的「で」。

d 名目

助詞「で」表示「述語（述部）動作」的「名目」。

● サービス で これをつけます。（以免費的名義附送這個。）

*述語動作 … つけます（附送）。

*助詞「で」表示〔サービス〕（免費）是「つけます」的「名目」。

e 樣態

助詞「で」表示「進行動作時」的「樣態」。

● 裸足 で 砂浜を走ります。　　　（赤腳在沙灘上奔跑。）

*動作 … 砂浜を走ります（在沙灘上奔跑）。

*助詞「で」表示〔裸足〕是「砂浜を走ります」的「樣態」。

* 助詞「から」表示「原料」，請參照【第一章/第四節/10 助詞：〔10〕から 的用法】（P147）

で ❸ 原因・理由

「名詞」表示「原因・理由」時，後面必須接續助詞「で」。

● 台風_{たいふう}で 電車_{でんしゃ}が止_とまりました。（因為颱風，電車停駛了。）

* 〔名詞〕台風 ＋〔助詞〕で。
* 助詞「で」表示〔台風〕（颱風）是「電車が止まりました」（電車停駛了）的「原因・理由」。

● 風邪_{かぜ}で 一週間休_{いっしゅうかんやす}みました。 （因為感冒，休息了一個星期。）

* 〔名詞〕風邪 ＋〔助詞〕で。
* 助詞「で」表示〔風邪〕（感冒）是「一週間休みました」（休息了一個星期）的「原因・理由」。

10 助詞：〔8〕と 的用法

と ❶ 提示內容

使用「言います」（說）和「思います」（思考）等動詞時，文中往往會提到「所說的內容」和「所思考的內容」。

這時候，助詞「と」表示「提示內容」，提示出「說的、想的內容」。

- 先生は明日テストがある と 言っていました。

  （老師說了：「明天有考試。」）

  * 「言っていました」（說了）。
  * 助詞「と」提示出「說的內容」是〔明日テストがある〕（明天有考試）。

- あそこに 駐車禁止 と 書いてありますよ。

  （那裡寫著「禁止停車」喔。）

  * 「書いてあります」（寫著）。
  * 助詞「と」提示出「寫著的內容」是〔駐車禁止〕（禁止停車）。

  注意 ──「と」可以形成「引用節」，表達「和述語的關係」

原則上，「格助詞」的定義是：

以「名詞＋格助詞」的形式形成「補足語」，表示「補足語中的名詞」和「述語」的關係。這一類的「助詞」，屬於「格助詞」。

但是，前面「と」的第一個例文：

「格助詞：と」不是接續在「名詞」後面，而是接續在「明日テストがある」這樣的「節」後面，形成「引用節」，表示「和述語的關係」。

節（引用節）　提示內容的「と」

せんせい　　あした
先生は明日テストがある と 言っていました。
　　　　　　　　　　　　　　　　い

（老師說了：「明天有考試。」）

雖然不是「名詞＋格助詞」的形式，但因為同樣是表達「因為助詞而被賦予意義的內容」和「述語」的關係，所以也放在這裡做介紹。

關於「節」的詳細說明，請參照【第三章/第二節】（P266）。

と ❷ 提示對象

〔a〕動作夥伴

助詞「と」表示「一起進行動作」的「動作夥伴」。
「○○と」後面，經常會接續「一緒に」（一起）。
　　　　　　　　　　　　　　　　　いっしょ

わたし　ともだち　　　　うみ　い
● 私 は友達 と 海へ行きました。　（我和朋友去了海邊。）

＊動作 … 海へ行きました（去了海邊）。
＊助詞「と」表示〔友達〕是「一起去了海邊」的「動作夥伴」。

- A国はB国と一緒に戦った。　　（A國和B國一起打了仗。）

  えーこく　　びーこく　　いっしょ　　たたか

* 動作…一緒に戦った（一起打了仗）。
* 助詞「と」表示〔B国〕是「一起打了仗」的「動作夥伴」。
* 此文的意思是：「A國和B國聯手，一起和其他國家打了仗」。
* 此文如果沒有「一緒に」，可能被理解為「と」表示「相互動作的對方」（下方〔b〕用法），誤解文意為「A國跟B國打仗」。

〔b〕相互動作的對方

有些動作如果沒有「對方」，就無法成立。例如「結婚」（結婚）、「喧嘩」（吵架）、「戦争」（戰爭）…等。只有一個人，這些動作絕對無法完成。

けっこん　　けんか　　せんそう

當「同一件動作行為，彼此相互進行」時，使用助詞「と」，表示：
「進行相互動作行為」的「對方」。

- 彼女は小野さん と 結婚しました。　（她和小野先生結婚了。）

  かのじょ　　おの　　　　けっこん

*動作…結婚しました（結婚了）。
*助詞「と」表示〔小野さん〕是「彼此相互進行結婚這件事」的「對方」。

- A国はC国 と 戦った。　　　　　（A國和C國打了仗。）

  えーこく　　しーこく　　たたか

*動作…戦った（打仗了）。
*助詞「と」表示〔C国〕是「彼此相互打仗」的「對方」。
*此文的意思是：「A國和C國敵對，兩國彼此交戰」。

〔c〕比較基準

當兩者進行「評價」或「判斷」，使用「と」提示出「做比較的對象」。

- 実際は写真 と 全然違いました。　　（實際和照片完全不一樣。）

  じっさい　　しゃしん　　ぜんぜんちが

*助詞「と」表示〔写真〕是「評價或判斷」的「比較對象」。

❸ 是「非格助詞」的重要用法

「用法 ❸」不屬於「格助詞」，但也是助詞「と」相當重要的用法。

と ❸ 列舉（全部）＜並立助詞＞

列舉「兩個以上的名詞」時，使用助詞「と」表示「列舉出全部事物」。

「星期六和星期日」之外，沒有其他。

- 休みの日は 土曜日 と 日曜日 です。（假日是星期六和星期日。）

＊助詞「と」表示「列舉」〔土曜日〕和「日曜日」是「全部的休假日」。

「鉛筆和筆記本」之外，沒有其他。

- かばんの中に 鉛筆 と ノート があります。

  （包包裡有鉛筆和筆記本。）

＊助詞「と」表示「列舉」〔鉛筆〕和「ノート」是「包包裡全部的東西」。

「や」表示「列舉」（部分）＜並立助詞＞

助詞「と」──「列舉」（全部）〈並立助詞〉
助詞「や」──「列舉」（部分）〈並立助詞〉

「鉛筆和筆記本」之外，還有其他。

- かばんの中に 鉛筆 や ノート [など] があります。

  （包包裡有鉛筆和筆記本等等。）

＊助詞「や」表示「列舉」〔鉛筆〕和「ノート」是「包包裡部分的東西」。

10 助詞：〔9〕へ 的用法

へ ❶ 移動・行為方向

助詞「へ」表示「動作的移動方向」。

- 明日、病院 へ 行きます。　（明天要去醫院。）
  あした びょういん い

> * 動作 … 行きます（去）。
> * 助詞「へ」表示〔病院〕是「行きます」的「移動方向」。

除了「動作的移動方向」之外，另一種則屬於：

沒有具體的移動動詞，使用助詞「へ」表示「行為方向（或對象）」。

- 母 へ の手紙。　　　　　　　（給母親的信。）
  はは　　 てがみ

> * 沒有具體的移動動詞。
> * 助詞「へ」表示〔母〕是「手紙」的「行為方向（對象）」。

筆記頁

空白一頁，讓你記錄學習心得，也讓下一頁的學習內容，能以跨頁呈現，方便於對照閱讀。

がんばってください。

（請加油！）

10 助詞：〔10〕から 的用法

から ❶ 起點

〔a〕起點・經由點

助詞「から」表示：「動作的起點」、「時間、空間的開始點」、「動作的經由點」。

- 大阪_{おおさか}から 東京_{とうきょう} まで 飛行機_{ひこうき} で 何時間_{なんじかん} かかりますか。

  （從大阪到東京，搭飛機要花幾個小時呢？）

  *助詞「から」表示〔大阪〕是「開始點」。

- 学校_{がっこう}は 家_{いえ}から 近い_{ちか} 所_{ところ} にあります。

  （學校位於距離家裡很近的地方。）

  *助詞「から」表示〔家〕是「開始點」。
  *此文沒有具體的動作，助詞「から」表示「測量時的起算原點」，類似中文的「距離…」、「離…」。

- 正門_{せいもん}は 人_{ひと}が 多い_{おお}ので、裏門_{うらもん}から 入_{はい}りましょう。

  （因為正門人多，從後門進入吧。）

  *動作 … 入りましょう（進入吧）。
  *助詞「から」表示〔裏門〕（後門）是「入りましょう」的「經由點」。

〔b〕順序

助詞「から」表示「東西的順序」。

● いつも好きな物 から 食べます。（總是從喜歡的東西開始吃。）

＊助詞「から」表示「東西的順序」是從〔好きな物〕（喜歡的東西）開始。

> 注意 —— 表示「動作的順序」時，「から」屬於「接續助詞」

助詞「から」表示「動作的順序」時，「動詞」必須變化成「て形」，使用「動詞て形＋から」的形式。

這時候的「から」屬於「接續助詞」。
因為使用頻率高，也在這裡一併介紹。

● 手を洗って から ご飯を食べましょう。（洗手之後來吃飯吧。）

＊動作 … 手を洗う（洗手）→ 手を洗って（洗手，動詞變成て形）。
＊助詞「から」表示「動作的順序」是從〔手を洗う〕開始。

〔c〕動作的對方（授予方）

當雙方有「授予」和「接受」關係時，就會有「授予方」和「接受方」。

助詞「から」所表示的「動作的對方」，是指「動作的授予方」。包含：

（1）「授受動作」的「授予方」
（2）「受身動作」的「授予方」

- 私 は友達 から プレゼントをもらいました。

（我從朋友那裡得到了禮物。）

* 授受動作 … プレゼントをもらいました（得到了禮物）。
* 助詞「から」表示〔友達〕（朋友）是「授受動作的授予方」。
* 此用法可替換「動作的對方」的「に」。

- 彼はたくさんの人 から 尊敬されています。

（他被許多人尊敬著。）

* 受身動作 … 尊敬されています（被尊敬著）。
* 助詞「から」表示〔たくさんの人〕（許多人）是「受身動作的授予方」。
* 此用法可替換「動作的對方」的「に」。

〔d〕動作主

助詞「から」表示「述語（述部）的主體」。

- この件についてはあなた から 彼に伝えてください。

（關於這件事，請由你向他轉達。）

* 述部 … 伝えてください（請傳達）。
* 助詞「から」表示〔あなた〕（你）是「伝えてください」的「主體」（動作主體）。
* 此用法可替換「主體」的「が」。

〔e〕變化前

助詞「に」可以表示「變化的結果」；在同一個「文」中表示「變化前」，必須使用助詞「から」。

---

* 助詞「に」表示「結果」，請參照【第一章/第四節/10 助詞：〔6〕に 的用法】（P130）

- 信号が赤 から 青になりました。

（紅綠燈從紅色變成了綠色。）

*助詞「から」表示〔赤〕（紅色）是「變化前」。
*助詞「に」表示〔青〕（綠色）是「變化的結果」。

- 所沢駅で電車 から バスに乗り換えて行く。

（在所澤車站，先搭電車，再轉乘公車前往。）

*助詞「から」表示〔電車〕（電車）是轉乘的「變化前」。
*助詞「に」表示〔バス〕（公車）是轉乘的「變化的結果」。

〔f〕原料

助詞「から」表示「製造物的原料」。「原料」「材料」差異如下：

【原料】：製作過程「改變」原本的型態與性質，使用助詞「から」。
【材料】：製作過程「保有」原本的型態與性質，使用助詞「で」。

- 豆腐は大豆 から 作られます。　（豆腐是用大豆製成的。）

*助詞「から」表示〔大豆〕是「豆腐」的「原料」。
*因為〔大豆〕改變原本的型態與性質，所以使用表示「原料」的「から」。

- ワインは葡萄 から 作られます。（葡萄酒是用葡萄釀造的。）

*助詞「から」表示〔葡萄〕是「ワイン」的「原料」。
*因為〔葡萄〕改變原本的型態與性質，所以使用表示「原料」的「から」。

*助詞「で」表示「材料」，請參照【第一章/第四節/10 助詞：〔7〕で 的用法】（P136）

〔g〕最小限

助詞「から」表示「最少的數目、數量」。

● 安いものは 1000 円 | から | ありますよ。

（便宜的東西最少要 1000 日圓喔。）

＊助詞「から」表示〔1000円〕是「最少的金額」。

● 身長 2 メートル | から | ある大男。

（身高最少有（起碼有）2 公尺的高大男子。）

＊助詞「から」表示〔2メートル〕是「最少的高度」。

から ❷ 原因・理由

〔a〕原因・理由〈接續助詞〉

此用法的「から」並非「格助詞」，而是「接續助詞」。因為是相當重要的用法，所以在這裡一併介紹。

● 日本のドラマが好きです | から |、日本語を勉強します。

（因為喜歡日本的連續劇，所以學習日語。）

＊助詞「から」表示〔日本のドラマが好きです〕（喜歡日本的連續劇）是〔日本語を勉強します〕（學習日語）的「原因・理由」。

助詞「から」表示「遠因・起因」時，直接接續在「名詞」或是「形式名詞：こと」後面。

- タバコの不始末〔ふしまつ〕から火事〔かじ〕になりました。

  （起因於沒妥善處理菸蒂，所以發生了火災。）

  * 助詞「から」表示〔タバコの不始末〕（沒妥善處理菸蒂）是〔火事になりました〕（發生了火災）的「遠因・起因」。

- 六本〔ろっぽん〕の松〔まつ〕の木〔き〕があったことから六本木〔ろっぽんぎ〕と呼〔よ〕ばれるようになりました。

  （起因於以前有六棵松樹，所以被稱為六本木。）

  * 助詞「から」表示〔六本の松の木があったこと〕（以前有六棵松樹）是〔六本木と呼ばれるようになりました〕（被稱為六本木）的「遠因・起因」。

助詞「から」表示「判斷或評價的依據」。

- この状況〔じょうきょう〕から判斷〔はんだん〕すると、明日〔あした〕の試合〔しあい〕は中止〔ちゅうし〕になりそうだ。

  （從這個狀況判斷，明天的比賽好像會中止。）

  * 助詞「から」表示〔この状況〕（這個狀況）是〔明日の試合は中止になりそうだ〕（明天的比賽好像會中止）的「判斷依據」。

10 助詞：〔11〕まで 的用法

まで ❶ 終點

〔a〕終點・界限

相對於「から」表示「起點・經由點」；
助詞「まで」表示「終點・界限」。

- 8時から10時 まで 日本語を勉強します。

  （從 8 點到 10 點要學日語。）

> *助詞「まで」表示〔10時〕是「終點」（時間的終點）。
> *助詞「から」表示〔8時〕是「起點」（時間的起點）。

- この図書館では一人4冊 まで 借りられます。

  （在這間圖書館一個人最多可以借四本書。）

> *助詞「まで」表示〔4冊〕是「界限」（最多借書本數的界限）。

〔b〕到達點

助詞「まで」表示「動作或行為的到達點」。

- 駅 まで 迎えに行きますから、待っていてください。

  （我會到車站去接你，所以請等著。）

> *動作…行きます（去）。
> *助詞「まで」表示〔駅〕是「行きます」的「到達點」。

- 困ったことがあれば、<ruby>係員<rt>かかりいん</rt></ruby>｜まで｜ご<ruby>連絡<rt>れんらく</rt></ruby>ください。

  （有困難的話，請向相關人員連絡。）

*行為…ご連絡ください（請聯絡）。
*助詞「まで」表示〔係員〕是「ご連絡ください」的「到達點」。

〔c〕最大限

相對於「から」表示「最小限」；
助詞「まで」表示「最多的數目、數量」。

- ここにあるワイン、<ruby>百万円<rt>ひゃくまんえん</rt></ruby>のもの｜まで｜ある。

  （這裡有的紅酒，最高有價值一百萬日圓的紅酒。）

*助詞「まで」表示〔百万円のもの〕（一百萬日圓的紅酒）是「最高價的紅酒」。

10 助詞：〔12〕より 的用法

より ❶ 比較

〔a〕比較基準

助詞「より」提示出「進行比較時」的「比較基準」。

● 北海道（ほっかいどう）は 九州（きゅうしゅう） より 大（おお）きいです。

（北海道比九州大。）

*助詞「より」提示出〔九州〕是「比較的基準」。

● 猫（ねこ） より 犬（いぬ）の方（ほう）が好（す）きです。

（比起貓咪，我比較喜歡狗。）

*助詞「より」提示出〔猫〕是「比較的基準」。

〔b〕限定

助詞「より」表示強調「這是唯一選擇，除此之外別無選擇」。

● 手術（しゅじゅつ） より ほかに助（たす）かる方法（ほうほう）はありません。

（除了手術，沒有其他得救的方法。）

*助詞「より」表示〔手術〕是「唯一選擇，此外別無選擇」。

より ❷ 起點・經由點 (＝ から)

助詞「より」表示「起點・經由點」。此用法和「から 用法 ❶〔a〕」相同，可以和「から」互換使用。

但是，「から」是一般的用法，「より」則常用於書面，給人「較正經、嚴肅、生硬」的語感。

- 本日 より 10 周年記念セールを 行 います。
  ほんじつ   じゅうしゅうねん き ねん   おこな

  （從今天開始舉行 10 周年紀念特賣。）

  * 助詞「より」表示〔本日〕是「開始點」。

- 武田軍は西門 より 城 内へ 侵 入 した。
  たけ だ ぐん せいもん   じょうない   しんにゅう

  （武田軍陣營從西門入侵了城內。）

  * 動作 … 城内へ侵入した（入侵了城內）。
  * 助詞「より」表示〔西門〕是「城内へ侵入した」的「經由點」。

---

* 助詞「から」表示「起點・經由點」，請參照【第一章/第四節/10 助詞：〔10〕から 的用法】（P144）

10 助詞：〔13〕か 的用法

使用頻率高的「三個終助詞」

前面介紹了助詞之中特別重要的「格助詞」——「が」「を」「に」「で」「と」「へ」「から」「まで」「より」。

接下來，要介紹助詞之中的「**終助詞**」。

「**終助詞**」會放在「文末」（句尾）。「終助詞」還有其他，但在本書中，暫且先介紹「使用頻率高的三個終助詞」——「か」「ね」「よ」。

か ❶ 不特定

〔a〕疑問

助詞「か」表示「疑問」。放在「文末」（句尾）時，表示「此文為疑問文」，是非常基本的重要用法。

表示疑問的「か」在「文末」（句尾）時，「か」的發音，語調要上揚。

● あなたは学生（がくせい）です か 。↗（語調上揚）
　（你是學生嗎？）

*助詞「か」在「文末」，表示「疑問文」。「か」的發音，語調要上揚。

表示疑問的「か」，也會出現在「節」的末尾

節（疑問節）

彼がどこに住んでいる か 知りません。　（不知道他住在哪裡。）

表示疑問的「か」　　×　↗　（語調「不需要」上揚）

> * 助詞「か」在「節」的末尾，表示「疑問」，形成「疑問節」。
> *「か」並非在「文末」，語調「不需要」上揚。

關於「節」的詳細說明，請參照【第三章/第二節】（P266）。

〔b〕反問

助詞「か」表示「反問」。

雖然形式和「疑問文」相同，都是放在「文末」（句尾），但不同的是：
「反問」不是期待對方回答，而是「用反問的方式，主張自己的意見」。

- そんな簡単に成功すると思っているんです か 。
  （你認為那麼簡單就會成功嗎？）

> * 助詞「か」表示「反問」。
> * 說話者其實想表達的是自己的主張 ——「不會那麼簡單就成功的」，並不是期待對方
>   會如何回答。

〔c〕自問

自言自語、對自己提出問題時，使用助詞「か」表示「自問」。**主要用於「即將要採取某種行為時，自己對自己的自問語氣」。**

- そろそろ寝_ねる か 。 ╳ ↗ （語調「不需要」上揚）

  （差不多該睡了吧？）

*「寝る」（睡覺）是說話者「即將要採取的行為」。
*助詞「か」表示「自問」，屬於自言自語的語氣。「か」的發音，語調「不需要」上揚。

〔d〕勸誘

邀請對方、或提議做某件事情時，使用助詞「か」表示「勸誘」。
常見用法有兩種：

（1）〔動詞現在否定形＋か〕── **邀請** （說話者想做，而邀請對方一起做）
（2）〔動詞意向形＋か〕──── **提議** （說話者視對方狀況，提議一起做）

- 一緒_{いっしょ}に帰_{かえ}ろう か 。

  （一起回去吧？）

*動詞「帰ります」（回去）的意向形〔帰ろう〕＋〔か〕，表示「提議」。

- コーヒーでも飲_のみません か 。 ↗ （語調上揚）

  （要不要喝杯咖啡呢？）

*動詞「飲みます」（喝）的現在否定形〔飲みません〕＋〔か〕，表示「邀請」。
*「か」的發音，語調要上揚。

か ❷ 感嘆

得知新的事實，表達輕微的驚訝時，使用助詞「か」表示「感嘆」。

注意 表示「感嘆」時，「か」的語調不能上揚；「語調上揚」就會變成「疑問」的意思了。

- A：日本語検定試験に合格しました。

  B：そうです か 。 ✕ ↗（語調「不需要」上揚） すごいですね。

  （A：日語檢定合格了。）

  （B：是那樣啊。真厲害耶。）

* 助詞「か」表示「輕微驚訝的感嘆語氣」。「か」的發音，語調「不需要」上揚。

* 如果助詞「か」的語調上揚，就會變成「疑問」，變成「懷疑對方是否合格了」的語氣。

10 助詞：〔14〕ね 的用法

ね ❶ 要求同意・表示同意

助詞「ね」表示「要求對方同意」或「向對方表示同意」。

- A：この 料理おいしい ね 。　　（這道料理很好吃吧？）
  りょうり
  B：そうだ ね 。 おいしい ね 。　（是啊。很好吃耶。）

*A 使用助詞「ね」表示「要求同意」，尋求 B 同意自己的意見。
*B 使用助詞「ね」表示「表示同意」，表示自己同意 A 的意見。

ね ❷ 再確認

助詞「ね」表示「再確認」。例如「不確定自己是否正確記得對方所說的內容，再做確認」；「做叮嚀」；「當場複誦對方交代的事項」…等等，需向對方「再做確認」時，都可以使用助詞「ね」。

- 確かあなたは埼玉県 出 身でした ね 。（我記得你來自埼玉縣，對吧？）
  たし　　　　さいたまけんしゅっしん

*使用助詞「ね」表示「對於以前就知道的事情，再做確認」。

ね ❸ 親近・柔和

助詞「ね」表示「親近・柔和」，具有緩和語氣的效果。可以帶給對方親近感，也可以避免雙方交談過程中，因為意見相左導致的氣氛不佳。

- その時計、とてもすてきです ね 。 （那個手錶非常漂亮哦。）

- みんなは賛成しているけど、 私 は賛成できない ね 。
  （雖然大家都贊成，但是我無法贊同哦。）

ね ❹ 留住注意

助詞「ね」表示「留住注意」。用於提示對方「自己的話還沒說完，要留
住對方的注意力，希望對方繼續聽下去」。是日常對話的常見用法。

- 昨日 ね 、友達と遊びに行ったんだけど ね 、…
  （昨天啊，我和朋友去玩了啊…）

ね ❺ 感嘆

助詞「ね」表示「感嘆」，主要用於「向對方表達佩服、驚訝」…等。

- 独学でよく一 級 試験に合格した ね 。
  （靠著自學厲害地通過了日語一級測驗啊。）

10 助詞：〔15〕よ 的用法

よ ❶ 提醒・通知・勸誘

助詞「よ」表示「提醒・通知」時，用於「告知對方沒注意到的事情」或「告知對方不知道的事情」等。

**表示「提醒・通知」的「よ」在「文末」（句尾）時，
「よ」的發音，語調要稍微上揚。**

● もう<ruby>八時<rt>はちじ</rt></ruby>です よ 。 ↗（語調上揚） <ruby>起<rt>お</rt></ruby>きてください。

（已經八點囉。請起床。）

＊助詞「よ」表示「提醒對方時間」。「よ」的發音，語調要稍微上揚。

● あなたの<ruby>傘<rt>かさ</rt></ruby>、ここにありました よ 。 ↗（語調上揚）

（你的傘在這裡喔。）

＊助詞「よ」表示「通知對方傘在這裡」。「よ」的發音，語調要稍微上揚。

助詞「よ」表示「勸誘」時，用於「勸說、邀請對方做某件事」。
使用「動詞意向形＋よ」的形式。

**不同的是，表示「勸誘」的「よ」在「文末」（句尾）時，
「よ」的發音，語調「不需要」上揚。**

● ねぇ、<ruby>映画<rt>えいが</rt></ruby>を<ruby>見<rt>み</rt></ruby>に<ruby>行<rt>い</rt></ruby>こう よ 。 ╳ ↗（語調「不需要」上揚）

（喂～，我們去看電影吧。）

＊助詞「よ」表示「勸說、邀請對方看電影」。「よ」的發音，語調「不需要」上揚。

よ ❷ 感嘆

助詞「よ」表示「感嘆」時，用於「對於對方沒注意到、沒有自覺到的事，傳達驚訝、佩服、讚賞、憤怒等較激昂的情緒，喚起對方的注意」。

- 泣かないで、君はよく頑張った よ 。✗↗（語調「不需要」上揚）

  （不要哭，你已經很努力了啊。）

  * 助詞「よ」表示「以較激昂的情緒，向對方傳達佩服、讚賞，喚起對方自覺」。

  *「よ」的發音，語調「不需要」上揚。

よ ❸ 呼籲

助詞「よ」表示「呼籲」，接續在「所呼籲的對象後面」。

- 若者 よ 、今こそ立ちあがれ！✗↗（語調「不需要」上揚）

  （年輕人啊，就是現在，挺身而出吧！）

  * 助詞「よ」表示「對年輕人呼籲」。「よ」並非在「文末」，語調「不需要」上揚。

よ ❹ 看淡

助詞「よ」表示「看淡」，和表示「感嘆」（用法 ❷）相反。用於表達「對於對方所說的事情沒有興趣、不關心、無所謂、或者拒絕」…等。

- もう恋愛なんかどうでもいい よ 。✗↗（語調「不需要」上揚）

  （已經覺得談戀愛什麼的，怎麼樣都無所謂了啦。）

  * 助詞「よ」表示「自己已對戀愛話題沒有興趣」。「よ」的發音，語調「不需要」上揚。

到這裡為止，介紹了一些「常見助詞」的「重要用法」。「助詞」的詳細完整說明，則留待日後「日語助詞」專書再作介紹。

11 接辭

「接辭」的「功能」與「種類」

<u>「接辭」會「附加在其他單語的前面或後面」，替單語「增添意思」，或使單語成為「不同的品詞」。</u>

「接辭」必須附加著單語出現。如果只有「接辭」，還稱不上「單語」，只能算是「單語未滿」的存在。

- <u>附加在單語「前面」的 → 稱為「接頭辭」。</u>
- <u>附加在單語「後面」的 → 稱為「接尾辭」。</u>

列舉「接頭辭」

列舉「接頭辭」如下，▢ 表示「接頭辭」：

- ▢お 金^{かね}　　（錢）　　→　お＋名詞　　→ 表示〔鄭重〕
- ▢お 忙^{いそが} しい　（忙碌的）　→　お＋形容詞　→ 表示〔鄭重〕
- ▢ご ゆっくり　（慢慢地）　→　ご＋副詞　　→ 表示〔鄭重〕
- ▢ぶっ 壊^{こわ} す　（破壞）　→　ぶっ＋動詞　→ 表示〔強調〕
- ▢大^{だい} 企 業^{きぎょう}　（▢大 企業）　→　大＋名詞　　→ 表示〔程度〕

列舉「接尾辭」

列舉「接尾辭」如下，□ 表示「接尾辭」：

- 山田 さん （山田 先生/小姐 ） → 人名＋さん → 表示〔鄭重〕
  (やまだ)

- 安心 感 （安心感） → 名詞＋感 → 表示〔感覺〕
  (あんしん かん)

- 私 たち （我們） → 表示「人」的名詞＋たち → 表示〔複數〕
  (わたし)

- 靴 屋 （鞋店） → 表示「物」的名詞＋屋 → 表示〔營業型態〕
  (くつ や)

- 三 人 （三人） → 數字＋人 → 表示〔人數〕
  (さん にん)

「接辭」會造成「品詞的轉成」

前面所舉例的「接頭辭」和「接尾辭」，都只有替單語增添意思，並沒造成「品詞的改變」。

但是，有些「接辭」不僅增添單語的意思，還會「改變單語原本的品詞」。
這樣的情況，稱為「品詞的轉成」。

下頁起，將列舉造成「品詞轉成」的「接頭辭」和「接尾辭」。

*「品詞」請參照【第一章/第一節/1 單語】（P026）、【第一章/第四節】（P064）

「接尾辭」的「品詞轉成」

- 接尾辭 ─ さ　　表示：程度

  い形容詞〔 大きい 〕　⇒　名詞〔 大きさ 〕
  　　　　　　大的　　　　　　　　　　大小

  な形容詞〔 華やか 〕　⇒　名詞〔 華やかさ 〕
  　　　　　　華麗　　　　　　　　　　華麗程度

- 接尾辭 ─ たて　　表示：階段

  動詞〔 焼きます 〕　⇒　名詞〔 焼きたて 〕
  　　　　燒烤　　　　　　　　　　剛烤好

- 接尾辭 ─ らしい　　表示：風格

  名詞〔 男 〕　⇒　い形容詞〔 男 らしい 〕
  　　　男性　　　　　　　　　有男子氣概的

- 接尾辭 ─ にくい　　表示：難易

  動詞〔 歩きます 〕　⇒　い形容詞〔 歩きにくい 〕
  　　　　步行　　　　　　　　　　　不好走的

- 接尾辭 ─ がち　　表示：頻率

  名詞〔 病気 〕　⇒　な形容詞〔 病気がち 〕
  　　　生病　　　　　　　　　　常常生病

- 接尾辭 ─ そう　　表示：樣態

  い形容詞〔 おいしい 〕　⇒　な形容詞〔 おいしそう 〕
  　　　　　好吃的　　　　　　　　　　好像很好吃

- 接尾辭 ─ がる　　表示：樣態

  い形容詞〔 欲しい 〕　⇒　動詞〔 欲しがる 〕
  　　　　　想要　　　　　　　　　想要

- 接尾辭 ─ びる　　表示：樣態

  名詞〔 大人 〕　⇒　動詞〔 大人びる 〕
  　　　大人　　　　　　　像大人、老成

「接頭辭」的「品詞轉成」

● 接頭辭 無 ── 表示：否定

名詞〔 関心 〕 ⇒ な形容詞〔 無関心 〕
かんしん   むかんしん
關心、感興趣   不關心、不感興趣

名詞〔 表情 〕 ⇒ な形容詞〔 無表情 〕
ひょうじょう   むひょうじょう
表情   沒表情、無反應

名詞〔 愛想 〕 ⇒ な形容詞〔 無愛想 〕 （也可以寫為「不愛想」）
あいそう   ぶあいそう   ぶあいそう
親切、和藹   冷淡、不親切

名詞〔 作法 〕 ⇒ な形容詞〔 無作法 〕 （也可以寫為「不作法」）
さほう   ぶさほう   ぶさほう
禮儀、禮貌   粗魯、沒禮貌

總結：品詞的轉成

從前面介紹的「品詞轉成」中可以發現，會「**改變單語原本品詞**」的，大部分是「**接尾辭**」。「接頭辭」之中，會造成「品詞轉成」的，僅有少數。

會造成「品詞轉成」的「接辭」，大多在文法功能上，也扮演重要的角色。

此部分的相關說明，將留待日後的「日語文型」專書再做論述。

12 次要的品詞分類

如果根據文法特性而做分類，日語是由前面所介紹的「10 種品詞」+「接辭」（接頭辭和接尾辭）所構成的。

除上述之外，為了充分理解日語，還有一些必須了解的「次要的分類方式」。
以下將介紹最具代表性的〔a〕〔b〕〔c〕三種。

〔a〕指示詞

「指示詞」是用來表示「會話中的事物（或是人物）所屬領域」的單語。

圖表 7　「指示詞」的品詞分類

意義	指〔事物〕		指〔地方〕	指〔事物・地方・人〕 鄭重	指〔事物・地方・人〕 口語	這樣～ 那樣～	這樣的～ 那樣的～
こ系列	これ 這（個）	この 這個～	ここ 這裡	こちら 這（個）、這裡、這位	こっち 這（個）、這裡、這個人	こう 這樣	こんな 這樣的～
そ系列	それ 那（個）	その 那個～	そこ 那裡	そちら 那（個）、那裡、那位	そっち 那（個）、那裡、那個人	そう 那樣	そんな 那樣的～
あ系列	あれ 那（個）	あの 那個～	あそこ 那裡	あちら 那（個）、那裡、那位	あっち 那（個）、那裡、那個人	ああ 那樣	あんな 那樣的～
ど系列	どれ 哪（個）	どの 哪個～	どこ 哪裡	どちら 哪（個）、哪裡、哪位	どっち 哪（個）、哪裡、哪個人	どう 怎樣	どんな 哪樣的～
品詞分類	名詞	連體詞	名詞	名詞	名詞	副詞	連體詞

除了圖表所列舉的，還有「指示詞搭配其他單語」所構成的「指示詞」：

+ いう 屬於〔連體詞〕

⇒ こういう・そういう・ああいう・どういう
　　這樣的～　　那樣的～　　那樣的～　　怎樣的～

+ ような 屬於〔連體詞〕

⇒ このような・そのような・あのような・どのような
　　像這樣的～　　像那樣的～　　像那樣的～　　像怎樣的～

+ ように 屬於〔副詞〕

⇒ このように・そのように・あのように・どのように
　　像這樣地～　　像那樣地～　　像那樣地～　　像怎樣地～

〔b〕疑問詞

「疑問文」可以分為三種類型：

❶〔 真偽 〕疑問文：回答「はい／いいえ」（是／否）的疑問文。
❷〔 選擇 〕疑問文：從「兩種以上的選項做出選擇」的疑問文。
❸〔疑問詞〕疑問文：使用「疑問詞」的疑問文。

在 ❸〔疑問詞疑問文〕一定會出現的，就是「疑問詞」。
「疑問詞」用例請參考下頁。

☐：表示「疑問詞」

- この本は 何 の本ですか。　　　　　　　（這本書是 什麼 書？）

- あの人は 誰 ですか。　　　　　　　　（那個人是 誰 ？）

- トイレは どこ にありますか。 ＊註12　　　（廁所在 哪裡 ？）

- いつ 日本へ来ましたか。　　　　　　（ 什麼時候 來日本的呢?）

- どうして 日本語を勉強していますか。（ 為什麼 學日語呢？）

以上舉例的「疑問詞」，就例文上的用法來說：

「何」「誰」「どこ」→ 屬於〔名詞〕

「いつ」「どうして」→ 屬於〔副詞〕

〔c〕數量詞・時間詞

「數量詞」用例說明

「數量詞」是指：在數字等的後面加上「接尾辭」，用來「表示數量」的單語。

● りんごを|5つ|買いました。　　　　（買了|5顆|蘋果。）

*數量詞〔5つ〕＝5（數字，屬於名詞）＋つ（接尾辭）
*此「文」中，〔5つ〕作為「副詞」使用。

● 日本に来て|8か月|です。　　　　（來日本|8個月|了。）

*數量詞〔8か月〕＝8（數字，屬於名詞）＋か月（接尾辭）
*此「文」中，〔8か月〕作為「名詞」使用。

「時間詞」用例說明

「時間詞」是指：與「時間」相關的單語。
例如：明日（明天）・先週（上週）・来年（明年）・8月（8月）等。

● |来年|、日本へ行きます。　　　　（|明年|要去日本。）

*時間詞〔来年〕。此「文」中，〔来年〕作為「副詞」使用。

● 私は|8月|に日本へ行きます。　　（我要在|8月|時去日本。）

*時間詞〔8月〕。此「文」中，〔8月〕作為「名詞」使用。

----

*註12

「指示詞」的「ど系列」全都是「疑問詞」。也就是說，像「どこ」（哪裡）這個單語，它是「指示詞」，也是「疑問詞」，也是「名詞」。

第二章

文末的述語

日語「文句」最重要的核心部分，就是「述語」（或是述部）。「動詞、形容詞、名詞（＋助述詞）」經過變化之後，在文中大多扮演「述語」的角色。從本章可以了解，「動詞、形容詞、名詞（＋助述詞）」會有怎麼樣的變化。

另外，日語有所謂的「文體」。「文體」影響「書寫」或「會話」給予對方的印象。所傳達的印象是「坦白直率」或是「客氣有禮貌」，都取決於「文體」。

「文體」也決定「文末述語的呈現形式」。本章將詳述「述語」是什麼，以及「述語」的重要性。

第一節　「述語」的基本四變化

複習「述語」的特徵

在「第一章」介紹了「述語」的特徵，這裡再做一次整理：

❶【述語】——是「文」的核心角色。

❷【述語】——出現在「文末」（句尾）。

❸【能作為述語的，基本上是這四種】——

「動詞・い形容詞・な形容詞・名詞（＋助述詞）」*註 13

---

* 註 13

某些「副詞」搭配「助述詞」（だ・です・である），也可以作為「述語」。

例如：

● オリンピック開催までlast あと 少し です 。（離奧運開幕還有一些時間。）

　　　　　　（かいさい）　　　　（すこ）
　　　　　　　　　　　　　　　副詞　助述詞
　　　　　　　　　　　　　　　　　述語

● ゴルフクラブの握り方は こう です 。（高爾夫球桿的握法是這樣的。）

　　　　　　（にぎ）（かた）　　副詞　助述詞
　　　　　　　　　　　　　　　　　述語

什麼是「基本四變化」？

「述語」的「基本四變化」是指：

「現在肯定形‧現在否定形‧過去肯定形‧過去否定形」。

※ 日語沒有「未來形」，「現在形」可表達「未來的內容」。

注意

● 下頁起，將以學習日語時最早接觸的「丁寧形」為例，透過四個圖表，
說明「述語」的「基本四變化」：

圖表 8 ——〔動詞〕基本四變化

圖表 9 ——〔い形容詞〕基本四變化

圖表 10 ——〔な形容詞〕基本四變化

圖表 11 ——〔名詞（＋助述詞）〕基本四變化

每一類的「否定形」都有兩種說法，這裡先介紹其中一種，另一種則在【第二章 /第四節 文體】（P242）做介紹。

● 透過「圖表 8、9、10、11」的例文，可以清楚理解：

「現在形‧過去形‧肯定形‧否定形」的變化表現，都位於「文末」（句尾）。

圖表 8 〔動詞〕基本四變化 〈例〉休みます（休息）

	肯定形	否定形
現在形	休（やす）みます （休息）	休（やす）みません （不休息）
過去形	休（やす）みました （〔過去〕休息了）	休（やす）みませんでした （〔過去〕沒休息）

現在肯定形 —— 今日（きょう）は家（いえ）でゆっくり 休みます 。今天要在家裡好好休息。

現在否定形 —— 来週（らいしゅう）の土曜日（どようび）は 休みません 。下週六不休息。

過去肯定形 —— 昨日（きのう）は疲（つか）れたので、 休みました 。昨天因為很累，所以休息了。

過去否定形 —— 先週（せんしゅう）は一日（いちにち）も 休みませんでした 。上週一天也沒有休息。

圖表 9 〔い形容詞〕基本四變化 〈例〉おいしいです（好吃）

	肯定形	否定形
現在形	おいしいです （好吃）	おいしくないです （不好吃）
過去形	おいしかったです （〔過去〕好吃）	おいしくなかったです （〔過去〕不好吃）

現在肯定形 —— このラーメンはとても おいしいです 。這碗拉麵非常好吃。

現在否定形 —— この料理（りょうり）はあまり おいしくないです 。這道料理不太好吃。

過去肯定形 —— ゆうべ食（た）べた餃子（ぎょうざ）は おいしかったです 。昨晚吃的餃子很好吃。

過去否定形 —— 先週（せんしゅう）の食事会（しょくじかい）の料理（りょうり）は おいしくなかったです 。
上週聚餐的料理不好吃。

〔な形容詞〕基本四變化 〈例〉静^{しず}かです（安靜）

	肯定形	否定形
現在形	静^{しず}かです （安靜）	静^{しず}かじゃありません （不安靜）
過去形	静^{しず}かでした （〔過去〕安靜）	静^{しず}かじゃありませんでした （〔過去〕不安靜）

現在肯定形 —— この辺^{あた}りはとても 静かです 。這附近很安靜。

現在否定形 —— 駅^{えき}の近^{ちか}くは 静かじゃありません 。車站附近不安靜。

過去肯定形 —— 今朝^{けさ}の式典^{しきてん}は 静かでした 。今天早上的典禮很安靜。

過去否定形 —— 前回^{ぜんかい}のテスト中^{ちゅう}、外^{そと}が 静かじゃありませんでした 。
上次考試時，外面不安靜。

〔名詞（＋助述詞）〕基本四變化 〈例〉学生^{がくせい}です（學生）

	肯定形	否定形
現在形	学生^{がくせい}です （是學生）	学生^{がくせい}じゃありません （不是學生）
過去形	学生^{がくせい}でした （〔過去〕是學生）	学生^{がくせい}じゃありませんでした （〔過去〕不是學生）

現在肯定形 —— 私^{わたし}は筑波大学^{つくばだいがく}の 学生です 。我是筑波大學的學生。

現在否定形 —— 鈴木^{すずき}さんは 学生じゃありません 。鈴木先生不是學生。

過去肯定形 —— 三年前^{さんねんまえ}まで私^{わたし}は 学生でした 。直到三年前，我都還是學生。

過去否定形 —— 去年^{きょねん}、田中^{たなか}さんはこの大学^{だいがく}の 学生じゃありませんでした 。
去年的時候，田中先生還不是這間大學的學生。

第二節　動詞變化

「動詞變化」具有規則

根據想要表達的內容，「動詞」必須產生不同的變化。

因此，為了溝通時可以表達各種想法，必須學習「動詞變化」。

舉例來說：

- 表達「丁寧體」　　　→「動詞」必須使用「**ます形**」
- 表達「否定」　　　　→「動詞」必須使用「**ない形**」
- 表達「過去的內容」　→「動詞」必須使用「**た形**」
- 表達「命令的內容」　→「動詞」必須使用「**命令形**」
- 表達「假定的內容」　→「動詞」必須使用「**條件形**」

……等等

在本節中，將一一介紹各種動詞變化。

並且說明，動詞變化的方式，是有規則的。

所有的動詞，都會根據變化的類型，歸類為「第Ⅰ類動詞」、「第Ⅱ類動詞」、或是「第Ⅲ類動詞」。

1 因應「動詞變化」的動詞分類

以下開始，便一一介紹各類動詞的判斷方法。

圖表 12 「第Ⅰ類・第Ⅱ類・第Ⅲ類動詞」的判斷方法

「第 Ⅰ 類動詞」的判斷方法

第 Ⅰ 類動詞

○○ます

い段 的平假名　：「ます前面」是「い段」的平假名

例如：

- 行^いきます（去）————「き」是「い段」。　（か、き、く、け、こ）
- 手伝^{てつだ}います（幫忙）——「い」是「い段」。　（あ、い、う、え、お）
- 遊^{あそ}びます（玩）————「び」是「い段」。　（ば、び、ぶ、べ、ぼ）
- 貸^かします（借出）————「し」是「い段」。　（さ、し、す、せ、そ）
- 帰^{かえ}ります（回去）————「り」是「い段」。　（ら、り、る、れ、ろ）

第 II 類動詞

◯◯ます

↑

え段 的平假名 　：「ます前面」是「え段」的平假名

◯ます

↑

一個音節 　：「ます前面」只有「一個音節」

き
来ます（來）・します（做）除外

例如：

- 教_{おし}えます（教）──────「え」是「え段」。　　（あ、い、う、え、お）
- 食_たべます（吃）──────「べ」是「え段」。　　（ば、び、ぶ、べ、ぼ）
- 見_みます（看）──────「ます前面」只有「み」一個音節。
- 寝_ねます（睡覺）──────「ます前面」只有「ね」一個音節。
- います（有〔人或動物〕）─「ます前面」只有「い」一個音節。

有些動詞和「第 I 類動詞」一樣，「◯◯ます」的「ます」前面是「い段」，但是卻屬於「第 II 類動詞」，例如：

起_おきます（起床）　　借_かります（借入）　　浴_あびます（淋浴）
降_おります（下〔車〕）　足_たります（足夠）　　できます（完成）…等

雖然這樣的動詞並不多，但請注意，不要和「第 I 類動詞」混淆了。

第 III 類動詞 ：只有兩種

来^きます（來）

します（做）

↑

包含 ： 動作性名詞 ＋します

動作性外來語 ＋します

例如：

- 動作性名詞 ＋します

旅^{りょこう}行します（旅行）──────「旅^{りょこう}行」：動作性名詞

- 動作性外來語 ＋します

アルバイトします（打工）──「アルバイト」：動作性外來語

2 「動詞變化」的種類

依照「學習順序」介紹「動詞變化」

「動詞變化」種類多樣，本書依學習順序：〔a〕→〔b〕→〔c〕→〔d〕→〔e〕，依序介紹。此處舉例「動詞變化的功能及用法」，至於「動詞變化的方法」，請參照【第二章/第二節/3「動詞變化」的方法、4「動詞變化」的再變化】（P214、220）。

學習順序	動詞變化	功能	頁碼
a 嘗試、體驗日語的階段	ます形	使用於「述語（述部）為動詞」的「文末」（句尾），表示「丁寧體」。	P181
b 認真開始學習日語的階段	て形	廣泛運用於各種表現。	P182
c 基本日語能力養成階段 【前期】（N5 程度）	辭書形	主要用於表達「肯定」的內容，也是〔普通形〕的〔現在肯定形〕。	P184
	ない形	主要用於表達「否定」的內容，也是〔普通形〕的〔現在否定形〕。	P186
	た形	主要用於表達「過去」的內容，也是〔普通形〕的〔過去肯定形〕。	P188
	なかった形	「ない形」再變化為「た形」的結果，也是〔普通形〕的〔過去否定形〕。	P189
d 基本日語能力養成階段 【後期】（N4 程度）	命令形	主要用於表達「命令」的內容。	P190
	禁止形	主要用於表達「禁止」的內容。	P190
	意向形	主要用於表達「意志」的內容，也是「～ましょう」的〔普通形〕。	P191
	條件形	主要用於表達「假定」的內容。	P192
	可能形	主要用於表達「能力」的內容。	P193
	受身形	使用於「受身文」。	P194
	使役形	使用於「使役文」。	P196
e 基本日語能力完成階段	尊敬形	使用於「敬語表現」（尊敬表現）。	P197

〔a〕ます形

使用於「述語（述部）為動詞」的「文末」（句尾），表示「丁寧體」。

〈例〉

現在肯定 明日、名古屋へ │行きます│。（明天要去名古屋。）

  *「行きます」的「肯定形」的「現在形」⇒「行きます」

現在否定 私 はお酒を │飲みません│。（我不喝酒。）

  *「飲みます」的「否定形」的「現在形」⇒「飲みません」

過去肯定 部 長 はもう │帰りました│。（部長已經回去了。）

  *「帰ります」的「肯定形」的「過去形」⇒「帰りました」

過去否定 昨日はどこも │行きませんでした│。（昨天哪裡也沒有去。）

  *「行きます」的「否定形」的「過去形」⇒「行きませんでした」

催 促 もう遅いですから、│帰りましょう│。（因為已經很晚了，回去吧。）

  *「帰ります」的「肯定形」的「意向形」⇒「帰りましょう」

提 案 荷物を │持ちましょうか│。（要不要幫你拿行李？）

  *「持ちます」的「肯定形」的「意向形」⇒「持ちましょう」
  *動詞意向形＋か：表示「提議、提案」。

勧 誘 一緒にコーヒーを │飲みませんか│。（邀請你一起喝咖啡好嗎?）

  *「飲みます」的「否定形」的「現在形」⇒「飲みません」
  *動詞現在否定形＋か：表示「邀請」。

（b）て形

廣泛運用於各種表現。

〈例〉

要　求　　ちょっと 待って くださ い。

（請稍等一下。）

* 「待ちます」的「て形」⇒「待って」
* 動詞て形＋ください：請[做]～。

動作順序　朝、ご飯を 食べて 、新聞を 読んで 、会社へ行きます。

（早上吃飯後，看報紙，再去公司。）

* 「食べます」的「て形」⇒「食べて」
* 「読みます」的「て形」⇒「読んで」

動作順序　手を 洗って から、ご飯を食べましょう。

（洗手後再吃飯吧。）

* 「洗います」的「て形」⇒「洗って」
* 動詞て形＋から：[做]～，再[做]～。

禁　止　　タバコを 吸って はいけません。

（不可以抽菸。）

* 「吸います」的「て形」⇒「吸って」
* 動詞て形＋はいけません：不可以[做]～。

許　可　　トイレを 借りて もいいですか。

（可以借用一下廁所嗎？）

* 「借ります」的「て形」⇒「借りて」
* 動詞て形＋もいいです：可以[做]～。

目前狀態	私は福岡に 住んで います。（我目前住在福岡。）

* 「住みます」的「て形」⇒「住んで」
* 動詞て形＋います：目前狀態。也會表示：正在[做]〜

試 行	サイズが合うかどうか 着て みます。 （要試穿看看尺寸合不合。）

* 「着ます」的「て形」⇒「着て」
* 動詞て形＋みます：[做]〜看看。

遺 憾	ペットの猫が 死んで しまいました。 （當寵物養的貓死掉了。）

* 「死にます」的「て形」⇒「死んで」
* 動詞て形＋しまいます：無法挽回的遺憾。

準 備	会議の前に資料を 集めて おきます。 （會議開始前，先收集好資料。）

* 「集めます」的「て形」⇒「集めて」
* 動詞て形＋おきます：事前準備。

授 受	彼女に料理を 作って もらいました。 （女朋友為我做了料理。）

* 「作ります」的「て形」⇒「作って」
* AはBに＋動詞て形＋もらいます：A請B（為A）[做]〜。

希 望	水不足だから、早く雨が 降って ほしい。 （因為缺水，希望趕快下雨。）

* 「降ります」的「て形」⇒「降って」
* 動詞て形＋ほしい：希望[做]〜。

逆接假定條件	雨が 降って も出かけます。（即使下雨也要出門。）

* 「降ります」的「て形」⇒「降って」
* 動詞て形＋も：即使[做]〜。

〔c〕辭書形

主要用於表達「肯定」的內容，也是〔普通形〕的〔現在肯定形〕。

〈例〉

現在肯定　明日、名古屋へ 行く 。
（明天要去名古屋。）

> *「行きます」的「辭書形」⇒「行く」

能　力　私 はピアノを 弾く ことができます。
（我會彈鋼琴。）

> *「弾きます」的「辭書形」⇒「弾く」
> *動詞辭書形＋ことができます：可以/能夠/會[做]～。

名詞節　私 の趣味は写真を 撮る ことです。
（我的興趣是拍照。）

> *「撮ります」的「辭書形」⇒「撮る」
> *「述部」的「動詞辭書形」＋「こと」（形式名詞）：名詞節。

順　序　寝る 前に日記を書きます。
（睡覺前，會寫日記。）

> *「寝ます」的「辭書形」⇒「寝る」
> *動詞辭書形＋前に：[做]～之前。

意　向　来年日本へ 留学する 予定です。
（明年預定要去日本留學。）

> *「留学します」的「辭書形」⇒「留学する」
> *動詞辭書形＋予定です：預定[做]～。

可能性　このパソコンは突然 止まる ことがあります。
（這台電腦有時候會突然當機。）

　　　*「止まります」的「辭書形」⇒「止まる」
　　　*動詞辭書形＋ことがあります：有時候會[做]～。

目　的　車を 買う ために貯金しています。
（為了要買車，正在存錢。）

　　　*「買います」的「辭書形」⇒「買う」
　　　*動詞辭書形＋ために：為了[做]～。

*「名詞節」請參照【第三章/第二節/1 名詞節】（P270）

〔c〕ない形

主要用於表達「否定」的內容，也是〔普通形〕的〔現在否定形〕。

〈例〉

現在否定　　私 はお酒を 飲まない 。

（我不喝酒。）

* 「飲みます」的「ない形」⇒「飲まない」

要　求　　ここに荷物を 置かない でください。

（請不要把行李放在這裡。）

* 「置きます」的「ない形」⇒「置かない」
* 動詞ない形＋でください：請不要[做]〜。

義　務　　毎日 残業 しなければ なりません。

（每天一定要加班。）

* 「残業します」的「ない形」⇒「残業しない」
* 「ない形」的「條件形」⇒「なければ」
* 「動詞ない形」的「條件形」＋なりません：不做的話不行 ＝ 一定要[做]〜

不必要　　子供はお金を 払わなくて もいいです。

（小孩子不用付錢。）

* 「払います」的「ない形」⇒「払わない」
* 「ない形」的「て形」⇒「なくて」
* 「動詞ない形」的「て形」＋もいいです：不用[做]〜。

附帶狀況 コーヒーは砂糖を 入れない で飲みます。

（咖啡不放糖就喝。）

*「入れます」的「ない形」⇒「入れない」
* 動詞ない形＋で、〜：不[做]〜的附帶狀況下，做後面的動作。

代替行為 今日は 出かけない で、家で本を読みます。

（今天不出門，而是在家看書。）

*「出かけます」的「ない形」⇒「出かけない」
* 動詞ない形＋で、〜：不[做]〜，而做後面的動作。

變　化 最近の子供は外で 遊ばなく なりました。

（最近的小孩變得不在外面玩了。）

*「遊びます」的「ない形」⇒「遊ばない」
*「ない形」的「副詞用法」⇒「なく」
*「動詞ない形」的「副詞用法」＋なります：變成不[做]〜。

原因理由 お客さんが 来なくて 、困っています。

（因為客人不來，很傷腦筋。）

*「来ます」的「ない形」⇒「来ない」
*「ない形」的「て形」⇒「なくて」
*「動詞ない形」的「て形」：因為不[做]〜。

建　議 風邪の時は辛いものを 食べない ほうがいいです。

（感冒時，不要吃辣的東西比較好。）

*「食べます」的「ない形」⇒「食べない」
* 動詞ない形＋ほうがいいです：不[做]〜比較好。

〔c〕た形

主要用於表達「過去」的內容，也是〔普通形〕的〔過去肯定形〕。

〈例〉

過去肯定 部長はもう 帰った 。（部長已經回去了。）

> *「帰ります」的「た形」⇒「帰った」

建　議 もう少し 運動した 方がいいです。（再多做運動比較好。）

> *「運動します」的「た形」⇒「運動した」
> *動詞た形＋ほうがいいです：[做]～比較好。

動作舉例 休みの日は、友達と 遊んだ り、買い物に 行った りします。
（放假的日子，會和朋友玩，或是去買東西之類的。）

> *「遊びます」的「た形」⇒「遊んだ」
> *「行きます」的「た形」⇒「行った」
> *動詞た形＋り、動詞た形＋り、します：[做]～，[做]～等等。
> *原本是「て形＋あり＝～てあり」，經過「縮約表現」，就變成
> 　「た形＋り＝～たり」。

請求建議 東京駅までどうやって 行ったら いいですか。
（要到東京車站的話，怎麼去比較好呢？）

> *「行きます」的「た形」⇒「行った」
> *「た形」的「條件形」⇒「たら」
> *動詞た形＋ら、～：如果[做]～的話，～。

動作順序 映画を 見た 後で、レストランで 食事します。
（看電影之後，在餐廳吃飯。）

> *「見ます」的「た形」⇒「見た」
> *動詞た形＋後：[做]～之後。

〔c〕なかった形

*註 14

「なかった形」是「ない形」再變化為「た形」的結果，也是〔普通形〕的〔過去否定形〕。

〈例〉

過去否定 昨日(きのう)はどこも 行(い)かなかった 。

（昨天哪裡也沒有去。）

*「行きます」的「ない形」⇒「行かない」
*「ない形」的「た形」⇒「なかった」

---

*註 14

「なかった形」是「ない形」再變化為「た形」的結果，並非單獨存在的變化。

但因「なかった形」是「普通形」之一（「普通形」的「過去否定形」），所以本書也一併做介紹。

如果排除「なかった形」不列入計算，「動詞」總共有 13 種變化。

除了這 13 種之外，還有像「なかった形」一樣，「動詞變化後，再做變化」的形式。因此，「動詞變化」實際上是非常多樣的。

---

〔d〕命令形

主要用於表達「命令」的內容。

〈例〉

命 令 本当のことを 言え ！（說實話！）
ほんとう い

      *「言います」的「命令形」⇒「言え」

命 令 早く 寝ろ ！（趕快去睡！）
はや ね

      *「寝ます」的「命令形」⇒「寝ろ」

命 令 こっちへ 来い ！（過來這邊！）
こ

      *「来ます」的「命令形」⇒「来い」

〔d〕禁止形

主要用於表達「禁止」的內容。

〈例〉

禁 止 嘘を つくな ！（不准說謊！）
うそ

      *「つきます」的「禁止形」⇒「つくな」

禁 止 廊下を 走るな ！（不准在走廊奔跑！）
ろうか はし

      *「走ります」的「禁止形」⇒「走るな」

| 禁　止 | ここでタバコを 吸うな（す）！（這裡不准抽菸！） |

* 「吸います」的「禁止形」⇒「吸うな」

〔d〕意向形

主要用於表達「意志」的內容，也是「～ましょう」的〔普通形〕。

〈例〉

| 催　促 | もう遅（おそ）いから、帰ろう（かえ）。 |

（因為已經很晚了，回去吧。）

* 「帰ります」的「意向形」⇒「帰ろう」

| 意　向 | 明日（あした）はゆっくり 休もう（やす）と思（おも）っています。 |

（明天打算要好好休息。）

* 「休みます」的「意向形」⇒「休もう」
* 動詞意向形＋と思っています：打算[做]～。

| 開始舉動 | 寝よう（ね）とした時（とき）に、電話（でんわ）がかかってきました。 |

（正要睡覺的時候，電話打來了。）

* 「寝ます」的「意向形」⇒「寝よう」
* 動詞意向形＋とした時：正要[做]～的時候

〔d〕條件形

主要用於表達「假定」的內容。

〈例〉

順接假定條件 お金が あれば 、新しいバイクを買いたいです。

（有錢的話，想要買新的機車。）

＊「あります」的「條件形」⇒「あれば」

順接假定條件 病院へ 行かなければ 、もっと悪くなりますよ。

（不去醫院的話，狀況會更惡化喔。）

＊「行きます」的「ない形」⇒「行かない」

＊「ない形」的「條件形」⇒「なければ」

順接恆常條件 春が 来れば 桜が咲きます。

（春天來臨的話，櫻花就會開花。）

＊「来ます」的「條件形」⇒「来れば」

累　進 日本語は 勉強すれば 勉強するほどおもしろい。

（日語越學越有趣。）

＊「勉強します」的「條件形」⇒「勉強すれば」

＊動詞條件形＋動詞辭書形＋ほど：越[做]～越～。

後　悔 若い時もっと 遊べば よかった。

（年輕時如果多玩一點就好了。）

＊「遊びます」的「條件形」⇒「遊べば」

〔d〕可能形

主要用於表達「能力」的內容。

〈例〉

| 能　力 | 私 は英語もフランス語も 話せます 。 |

（我會說英語和法語。）

　　＊「話します」的「可能形」⇒「話せます」

| 不　可 | この道は土砂崩れのため、 通れません 。 |

（這條路因為坍方，所以無法通行。）

　　＊「通ります」的「可能形」⇒「通れます」
　　＊「ます形」的「否定形」的「現在形」⇒「ません」

〔d〕受身形

使用於「受身文」。

〈例〉

直接被害

私は母に 叱られました 。

（我被媽媽罵了。）

> *「叱ります」的「受身形」⇒「叱られます」
> *「ます形」的「肯定形」的「過去形」⇒「ました」
> *AはBに＋動詞受身形：A被B［做］～。

間接被害

三年前に父に 死なれました 。

（三年前父親過世了。）

> *「死にます」的「受身形」⇒「死なれます」
> *「ます形」的「肯定形」的「過去形」⇒「ました」
> *用「受身文」表示「因為父親死亡造成間接的困擾與受害」。

名　譽

私の論文が科学雑誌で 紹介されました 。

（我的論文在科學雜誌中被介紹了。）

> *「紹介します」的「受身形」⇒「紹介されます」
> *「ます形」的「肯定形」的「過去形」⇒「ました」
> *用「受身文」表示「獲得名譽」。

公 共 ２０２０年に東京でオリンピックが 開かれます 。

にせんにじゅうねん とうきょう ひら

（2020年時，奧運要在東京舉行。）

> *「開きます」的「受身形」⇒「開かれます」
> *「説話者≠動作主」時，使用「受身文」。重點不在於誰主辦，
> 　重點是要說明「在東京舉行奧運」這件事。

不特定多數 日本では富士山は神聖な山だと 考えられて います。

に ほん ふ じ さん しんせい やま かんが

（在日本，富士山被視為聖山。）

> *「考えます」的「受身形」⇒「考えられます」
> *「受身形」的「て形」⇒「考えられて」
> *用「受身文」表示「不特定的多數人的想法」。

創 造 電球はエジソンによって 発明されました 。

でんきゅう はつめい

（燈泡是愛迪生所發明的。）

> *「発明します」的「受身形」⇒「発明されます」
> *「ます形」的「肯定形」的「過去形」⇒「ました」
> *Aは創造者Bによって＋動詞受身形：A是由B所[做]～的。

〔d〕使役形

使用於「使役文」。

〈例〉

使　役　娘(むすめ)にピアノを 習(なら)わせます 。

（叫女兒學鋼琴。）

*「習います」的「使役形」⇒「習わせます」
*AはBに＋動詞使役形：A叫B[做]〜。
*此文最前面省略了「私は」。

許　可　息子(むすこ)に好(す)きな仕事(しごと)を させます 。

（允許兒子做喜歡的工作。）

*「します」的「使役形」⇒「させます」
*AはBに＋動詞使役形：A讓B[做]〜。
*此文最前面省略了「私は」。

放　置　金魚(きんぎょ)を 死(し)なせて しまいました。

（放著不管，讓金魚死掉了。）

*「死にます」的「使役形」⇒「死なせます」
*「使役形」的「て形」⇒「死なせて」
*用「使役文」表示「放置不理會」。

〔e〕尊敬形

使用於「敬語表現」（尊敬表現）。

〈例〉

| 尊　敬 | 課長は英字新聞を 読まれます 。 |

（課長會看英文報紙。）

*「読みます」的「尊敬形」⇒「読まれます」

| 尊　敬 | 明日は何時に 起きられます か。 |

（明天您要幾點起床呢？）

*「起きます」的「尊敬形」⇒「起きられます」

| 尊　敬 | 社長はゴルフを されます か。 |

（社長平常會打高爾夫嗎？）

*「します」的「尊敬形」⇒「されます」

概略介紹「14 種動詞變化」之後，下頁將列舉「第Ⅰ類・第Ⅱ類・第Ⅲ類動詞」的「14 種動詞變化」，方便大家具體掌握與對照學習。

「動詞變化」舉例一覽表

圖表 13

	第 Ⅰ 類動詞		第 Ⅱ 類動詞	
ます形	飲みます	帰ります	食べます	見ます
て形	飲んで	帰って	食べて	見て
辭書形 (現在肯定形)	飲む	帰る	食べる	見る
ない形 (現在否定形)	飲まない	帰らない	食べない	見ない
た形 (過去肯定形)	飲んだ	帰った	食べた	見た
なかった形 (過去否定形)	飲まなかった	帰らなかった	食べなかった	見なかった
命令形	飲め	帰れ	食べろ	見ろ
禁止形	飲むな	帰るな	食べるな	見るな
意向形	飲もう	帰ろう	食べよう	見よう
條件形	飲めば	帰れば	食べれば	見れば
可能形	飲めます	帰れます	食べられます	見られます
受身形	飲まれます	帰られます	食べられます	見られます
使役形	飲ませます	帰らせます	食べさせます	見させます
尊敬形	飲まれます	帰られます	食べられます	見られます

*註
15

第 III 類動詞		
します	き 来ます	**ます形**
して	き 来て	**て形**
する	く 来る	**辭書形** (現在肯定形)
しない	こ 来ない	**ない形** (現在否定形)
した	き 来た	**た形** (過去肯定形)
しなかった	こ 来なかった	**なかった形** (過去否定形)
しろ	こ 来い	**命令形**
するな	く 来るな	**禁止形**
しよう	こ 来よう	**意向形**
すれば	く 来れば	**條件形**
できます	こ 来られます	**可能形**
されます	こ 来られます	**受身形**
させます	こ 来させます	**使役形**
されます	こ 来られます	**尊敬形**

*註
15

*註 15

這四種形，相當於「普通形」
和「名詞接續」的：

- 現在肯定形（＝辭　書　形）
- 現在否定形（＝な　い　形）
- 過去肯定形（＝た　　　形）
- 過去否定形（＝なかった形）

什麼是「後接假名」？

日語除了有「平假名」「片假名」之外，還有「標記假名」（振り仮名），
以及「後接假名」（送り仮名）。說明「標記假名」和「後接假名」如下：

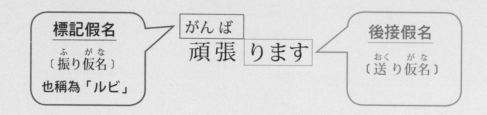

在日本，給小朋友看的書，漢字上面通常都有「標記假名」。而成年人的
書，除非是很少見的漢字，否則通常不會有「標記假名」。

哪些部分要寫成「後接假名」？

大家在書寫類似下方這些「訓讀」* 註 16 的單語時，是否曾經困惑：

〔動　　詞〕── 例如：働 きます
〔い形容詞〕── 例如：楽しい
〔な形容詞〕── 例如：静か

究竟到哪裡為止是「漢字」？從哪裡開始是「後接假名」（藍字部分）呢？

其實，「後接假名」是有原則的。請看接下來的說明。

很久很久以前，日語並沒有文字，僅有口語的對話。

大約從西元 5 世紀開始，漢字及其發音，從中國傳入了日本。
當時隨著漢字一起傳入的「漢字發音」，就稱為「音讀」。
例如：「山」讀作「さん」，這就是「音讀」。

不過，早在漢字傳入之前，日語已經有「やま」的發音（意思也是「山」）。
因此，便制定「山」這個漢字，除了音讀的「さん」，也讀作「やま」。

「やま」就是「訓讀」。
也就是說，把日語原有的詞彙，制定為特定漢字的「讀音」，就稱為「訓讀」。

不只是「名詞」，「動詞」和「形容詞」也採用同樣的方法，制定了「訓讀」。

例如，在漢字傳入前，日語本來就有動詞「つかう」。由於「つかう」的意思是「使用」，因此便採用漢字的「使」作為「つかう」的漢字。

但是，動詞「つかう」會產生「つかわない」「つかいます」「つかえば」「つかおう」等變化。因此，把不會變化的「つか」制定為漢字「使」的「訓讀」。於是標記方式變成「使う」「使わない」「使います」「使えば」「使おう」等。

順帶一提的是，「使」的「音讀」是「し」。如果是源於中文的詞彙，例如「使用」等，則使用「音讀」。所以「使用」的發音為「しよう」。

【第Ⅰ類動詞・第Ⅱ類動詞】後接假名原則（1）

第Ⅰ類動詞　第一原則

動詞變化時：

〔沒有變化〕的部分（＝語幹）是〔漢　　字〕

〔有　變　化〕的部分（＝語尾）是〔後接假名〕

漢字 沒有變化的部分 （＝語幹）	後接假名 有變化的部分 （＝語尾）		漢字 沒有變化的部分 （＝語幹）	後接假名 有變化的部分 （＝語尾）

はたら
働
かない（ない形）
きます（ます形）
く　　（辭書形）
けば　（條件形）
こう　（意向形）

かえ
帰
らない（ない形）
ります（ます形）
る　　（辭書形）
れば　（條件形）
ろう　（意向形）

第Ⅱ類動詞　第一原則

ます 前面〔一個音節〕

「ます形」前面「一個音節」：

〔第一個音節〕是〔漢 字〕

〔其他的部分〕是〔後接假名〕

ます 前面〔兩個音節以上〕

為了和「第Ⅰ類動詞」作區別：

〔沒有變化的部分〕（＝語幹）的

「最後一個音節」以平假名表示。

漢字 第一個音節	後接假名 第一個音節以外 的其他部分		漢字	後接假名 沒有變化的最後一個音節， 以「平假名」表示， 從此開始是「後接假名」。

み
見
ない　（ない形）
ます　（ます形）
る　　（辭書形）
れば　（條件形）
よう　（意向形）

た
食べ
ない　（ない形）
ます　（ます形）
る　　（辭書形）
れば　（條件形）
よう　（意向形）

從此開始是〔後接假名〕

「後接假名」的功能

只要觀察「後接假名」，就很容易判別「第I類」和「第II類動詞」。

例如，根據字典記載的「辭書形」，試著來判斷下面這幾個動詞：

売^うる（販賣）・ 帰^{かえ}る（回去）

借^かりる（借入）・ 起^おきる（起床）・ 教^{おし}える（教）

● 〔売^うる〕〔帰^{かえ}る〕：

　　〔沒有變化〕的部分（＝語幹）是〔漢字〕

　　〔有變化〕的部分（＝語尾）是〔後接假名〕

　　→ 符合：第 I 類 │ 第一原則 │，所以屬於「第 I 類動詞」

● 〔借^かりる〕〔起^おきる〕〔教^{おし}える〕：

　　〔沒有變化的部分〕（＝語幹）的「最後一個音節」開始是〔後接假名〕

　　→ 符合：第 II 類 │ 第一原則 │，所以屬於「第 II 類動詞」

第Ⅰ類・第Ⅱ類動詞　　第二原則

例如，屬於「第Ⅰ類動詞」的「おわります」（結束、完畢），如果遵循前面介紹的「第Ⅰ類動詞　第一原則」，表示方式應該如〔下左〕。

但是，請看〔下右〕。另有一個「第Ⅱ類動詞」──「おえます」（做完），和「おわります」意思相近，漢字也相同。

如果「おわります」採用〔下左〕的表示方式，就會造成：
同樣是漢字「終」，發音卻不一致（下左：おわ。下右：お）。
這是非常困擾與不便的。

因此，讓「第Ⅰ類動詞」（おわります）配合「第Ⅱ類動詞」（おえます）形成「後接假名」（如下〔中間〕）。

亦即，如果「第Ⅰ類動詞」和「第Ⅱ類動詞」有「意思相近，漢字相同」
的動詞，讓「第Ⅰ類動詞」配合「第Ⅱ類動詞」形成「後接假名」。

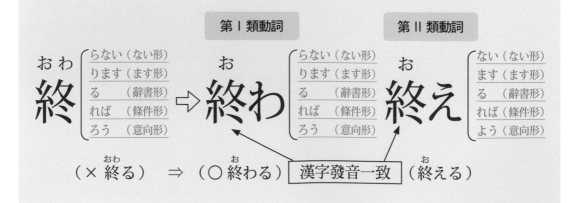

依照「第 I 類動詞」配合「第 II 類動詞」的原則形成「後接假名」之後，
漢字發音一致，不會造成不便與困擾。

如果「第 II 類動詞」配合「第 I 類動詞」呢？

如果由「第 II 類動詞」（おえます）配合「第 I 類動詞」（おわります）
形成「後接假名」，結果會如何呢？

如果由「おえます」配合「おわります」：
「おえます」的「辭書形」就會變成「終<ruby>る<rt>おえ</rt></ruby>」。

一個是「終<ruby>る<rt>おわ</rt></ruby>」，一個是「終<ruby>る<rt>おえ</rt></ruby>」。

NG！ 漢字「終」有兩種發音：〔おわ〕和〔おえ〕。

NG！ 看到「終<ruby>る<rt>おわ</rt></ruby>」和「終<ruby>る<rt>おえ</rt></ruby>」，如果「終」沒有加上「標記假名」，

　　就無法分辨是「おわる」還是「おえる」。

所以：
由「第 II 類動詞」（おえます）配合「第 I 類動詞」（おわります）
形成「後接假名」，不是一個好的方法。

「第Ⅲ類動詞」只有「します」和「来ます」兩種。

します ：全部以「平假名」表示就可以了。

しない　（ない形）
します　（ます形）
する　　（辭書形）
すれば　（條件形）
しよう　（意向形）

来ます ：

和「第Ⅱ類動詞 第一原則 ：ます形前面一個音節」的原則相同：

〔第一個音節〕是〔漢字〕，〔其他的部分〕是〔後接假名〕。

漢字
第一個音節

後接假名
第一個音節以外
的其他部分

こ/き/く
来

ない　（ない形）　… こない
ます　（ます形）　… きます
る　　（辭書形）　… くる
れば　（條件形）　… くれば
よう　（意向形）　… こよう

要特別注意的是：

「第Ⅲ類動詞」的動詞變化，會從「第一個音節開始改變發音」。

詳細請參考：圖表 13：「動詞變化」舉例一覽表（P198）。

【い形容詞】 後接假名原則

い形容詞　第一原則

和「第Ⅰ類動詞　第一原則　」相同，進行各種變化時：

〔沒有變化〕的部分（＝語幹）是〔漢　　字〕

〔有　變　化〕的部分（＝語尾）是〔後接假名〕

漢字
沒有變化的部分
（＝語幹）

後接假名
有變化的部分
（＝語尾）

ふる
古
い	（現在肯定形）
くない	（現在否定形）
かった	（過去肯定形）
くなかった	（過去否定形）
くて	（て形）

い形容詞　第二原則

形式為「～しい」的「い形容詞」，從「し」開始是〔後接假名〕。

漢字

後接假名
「新しい」是形式為「～しい」
的「い形容詞」，
從「し」開始是「後接假名」。

あたら
新し
い	（現在肯定形）
くない	（現在否定形）
かった	（過去肯定形）
くなかった	（過去否定形）
くて	（て形）

從此開始是〔後接假名〕

い形容詞 　第三原則

如果「其他品詞」有「意思相近，漢字相同」的單語，要由「い形容詞」配合「其他品詞」形成「後接假名」。

〈 例 1 〉

- 〔 い形容詞 〕── あたたかい　（溫暖的）
- 〔第Ⅱ類動詞〕── あたためます（使…溫暖）

這兩個單語「意思相近，漢字相同」。為了讓「漢字發音一致」，避免造成不便，因此讓「い形容詞」（あたたかい）配合「第Ⅱ類動詞」（あたためます）形成「後接假名」。

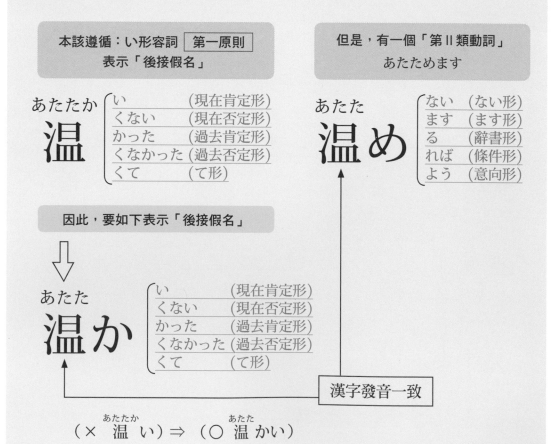

本該遵循：い形容詞　第一原則
表示「後接假名」

あたたか
温
- い　　　　　（現在肯定形）
- くない　　　（現在否定形）
- かった　　　（過去肯定形）
- くなかった　（過去否定形）
- くて　　　　（て形）

但是，有一個「第Ⅱ類動詞」
あたためます

あたた
温め
- ない　（ない形）
- ます　（ます形）
- る　　（辭書形）
- れば　（條件形）
- よう　（意向形）

因此，要如下表示「後接假名」

⇩

あたた
温か
- い　　　　　（現在肯定形）
- くない　　　（現在否定形）
- かった　　　（過去肯定形）
- くなかった　（過去否定形）
- くて　　　　（て形）

漢字發音一致

（× 温い）⇒（○ 温かい）

〈 例 2 〉

- 〔 い形容詞 〕—— はずかしい（害羞的、丟臉的）
- 〔第Ⅱ類動詞〕—— はじます　（害羞、羞愧）

這兩個單語「意思相近，漢字相同」。為了讓「漢字發音一致」，避免造成不便，因此讓「い形容詞」（はずかしい）配合「第Ⅱ類動詞」（はじます）形成「後接假名」。

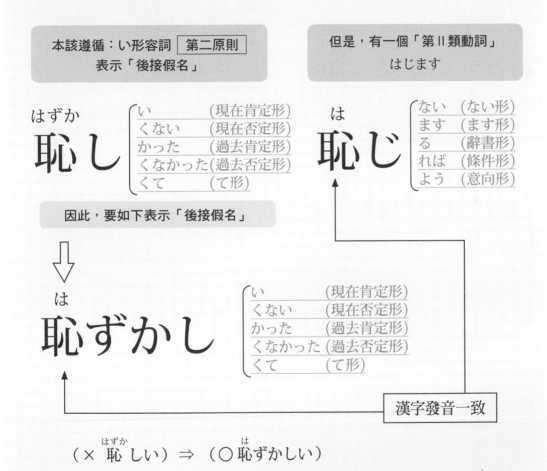

本該遵循：い形容詞 第二原則
表示「後接假名」

但是，有一個「第Ⅱ類動詞」
はじます

はずか
恥し
い	（現在肯定形）
くない	（現在否定形）
かった	（過去肯定形）
くなかった	（過去否定形）
くて	（て形）

は
恥じ
ない	（ない形）
ます	（ます形）
る	（辭書形）
れば	（條件形）
よう	（意向形）

因此，要如下表示「後接假名」

は
恥ずかし
い	（現在肯定形）
くない	（現在否定形）
かった	（過去肯定形）
くなかった	（過去否定形）
くて	（て形）

漢字發音一致

（× 恥（はずか）しい）⇒（○ 恥（は）ずかしい）

其他如「大（おお）きい」（大的）、「小（ちい）さい」（小的）等「い形容詞」，也是根據 第三原則 形成「後接假名」。在此就不多做圖示說明。

い形容詞 　例外

少數「い形容詞」沒有按照前面的原則形成「後接假名」，屬於例外。

〈例〉

● 〔 い形容詞 〕── あかるい（明亮的）
● 〔第Ⅱ類動詞〕── あけます（明亮）

這兩個單語「意思相近，漢字相同」。按照原則，為了讓「漢字發音一致」，避免造成不便，「い形容詞」（あかるい）要配合「第Ⅱ類動詞」（あけます）形成「後接假名」。不過，「あかるい」屬於例外：

本該遵循：い形容詞 第一原則
表示「後接假名」

但是，有一個「第Ⅱ類動詞」
あけます（明亮）

あかる

明

い	（現在肯定形）
くない	（現在否定形）
かった	（過去肯定形）
くなかった	（過去否定形）
くて	（て形）

あ

明け

ない	（ない形）
ます	（ます形）
る	（辭書形）
れば	（條件形）
よう	（意向形）

但是，並沒有遵循 第三原則 ：
如果「其他品詞」有「意思相近，漢字相同」的單語，
要由「い形容詞」配合「其他品詞」形成「後接假名」。

あか

明る

い	（現在肯定形）
くない	（現在否定形）
かった	（過去肯定形）
くなかった	（過去否定形）
くて	（て形）

【例外】
漢字發音不一致

（× 明_{あかる}い）⇒ （× 明_あかるい）⇒ （○ 明_{あか}るい）

除了少數例外，考量使用上的便利，也可能採取「權宜措施」。

〈例〉

- 〔い形容詞〕── すくない（少的）

> 本該遵循：い形容詞 ｜ 第一原則 ｜
> 表示「後接假名」

すくな
少
- い （現在肯定形）
- くない （現在否定形）
- かった （過去肯定形）
- くなかった（過去否定形）
- くて （て形）

〔現在否定形〕 ⇒ 少^{すくな}くない。

如果漢字上方沒有「標記假名」，看到「少くない」容易誤解為：
「少^すくない」。

因此，採取「權宜措施」，調整「すくない」的「後接假名」：

｜ 漢字 ｜ ｜ 後接假名 ｜

すく
少な
- い （現在肯定形）
- くない （現在否定形）
- かった （過去肯定形）
- くなかった （過去否定形）
- くて （て形）

↑ 從此開始是〔後接假名〕

（× 少^{すくな}い） ⇒ （○ 少^{すく}ない）

「〜か」「〜やか」「〜らか」這三種形式的「な形容詞」，

從「か」「やか」「らか」開始是「後接假名」。

- 〈例〉〔〜か〕的〔な形容詞〕── 静<small>しず</small>か（安靜的）

> **後接假名**
>
> 「〜か」的「な形容詞」，從「か」開始是「後接假名」。

<small>しず</small>
静か
だ	（現在肯定形）
じゃない	（現在否定形）
だった	（過去肯定形）
じゃなかった	（過去否定形）
で	（て形）

↑
從此開始是〔後接假名〕

- 〈例〉〔〜やか〕的〔な形容詞〕── 穏<small>おだ</small>やか（平穩的）

> **後接假名**
>
> 「〜やか」的「な形容詞」，從「やか」開始是「後接假名」。

<small>おだ</small>
穏やか
だ	（現在肯定形）
じゃない	（現在否定形）
だった	（過去肯定形）
じゃなかった	（過去否定形）
で	（て形）

↑
從此開始是〔後接假名〕

- 〈例〉〔〜らか〕的〔な形容詞〕── 朗^{ほが}らか（爽朗的）

後接假名
「〜らか」的「な形容詞」，從「らか」開始是「後接假名」。

朗^{ほが}らか

だ	（現在肯定形）
じゃない	（現在否定形）
だった	（過去肯定形）
じゃなかった	（過去否定形）
で	（て形）

↑
從此開始是〔後接假名〕

3 「動詞變化」的方法

「動詞變化」速查表

接下來，將說明「動詞變化」的方法。下表非常實用，「第Ⅰ類・第Ⅱ類・第Ⅲ類動詞」的所有變化，都能一目瞭然。這兩頁先清楚呈現速查表，緊接著，將說明「速查表的使用方法」。

圖表 14

第Ⅰ類動詞	会(あ)買(か)洗(あら)	行(い)書(か)置(お)	泳(およ)急(いそ)脱(ぬ)	話(はな)貸(か)出(だ)	待(ま)立(た)持(も)	死(し)	遊(あそ)呼(よ)飛(と)	読(よ)飲(の)噛(か)	帰(かえ)売(う)入(はい)	〔例外〕 【行きます】 〔て形〕⇒【行って】 〔た形〕⇒【行った】 【あります】 〔ない形〕⇒【ない】 〔なかった形〕⇒【なかった】
あ段	わ	か	が	さ	た	な	ば	ま	ら	＋ない［ない形］ ＋なかった［なかった形］ ＋れます［受身形、尊敬形］ ＋せます［使役形］
い段	い	き	ぎ	し	ち	に	び	み	り	＋ます［ます形］
う段	う	く	ぐ	す	つ	ぬ	ぶ	む	る	［辞書形］ ＋な［禁止形］
え段	え	け	げ	せ	て	ね	べ	め	れ	＋ます［可能形］ ＋ば［條件形］ ［命令形］
お段	お	こ	ご	そ	と	の	ぼ	も	ろ	＋う［意向形］
音便	っ	い	い゙	し	っ	ん	ん゙	ん゙	っ	＋て（で）［て形］ ＋た（だ）［た形］

第 II 類動詞	第 III 類動詞		
食_たべ 教_{おし}え 起_おき 見_み 寝_ね ない	来_こない	しない	ない形
なかった	来_こなかった	しなかった	なかった形
られます	来_こられます	されます	受身形、尊敬形
させます	来_こさせます	させます	使役形
ます	来_きます	します	ます形
る	来_くる	する	辞書形
るな	来_くるな	するな	禁止形
られます（れます）	来_こられます（来_これます）	できます	可能形 　　　　　　　*註17（「去掉ら」的可能形）
れば	来_くれば	すれば	條件形
ろ	来_こい	しろ	命令形
よう	来_こよう	しよう	意向形
て	来_きて	して	て形
た	来_きた	した	た形

*註 17

「去掉ら」的可能形，是指「第 II 類動詞的可能形」，以及「来_くる的可能形」（来られます），去掉「ら」而形成的可能形用法。

此用法雖然尚未被認定為「正式的可能形」，但是表達「可能形」時，把「ら」去掉的日本人，已經越來越多。目前可說是「ら」漸漸消失的過渡期。

〔動詞變化速查表〕使用方法：第Ⅰ類動詞

請依循「L型」路徑，參考「綠色」箭頭，依循「藍→黃→紅」順序使用。

圖表14（上）

〔例外〕

【行きます】
〔て形〕⇒【行って】
〔た形〕⇒【行った】

【あります】
〔ない形〕⇒【ない】
〔なかった形〕⇒【なかった】

第Ⅰ類動詞	会 買 洗	行 書 置	泳 急 脱	話 貸 出	待 立 持	死	遊 呼 飛	読 飲 噛	帰 売 入	
あ段	わ	か	が	さ	た	な	ば	ま	ら	+ない [ない形] +なかった [なかった形] +れます [受身形、尊敬形] +せます [使役形]
い段	い	き	ぎ	し	ち	に	び	み	り	+ます [ます形]
う段	う	く	ぐ	す	つ	ぬ	ぶ	む	る	[辞書形] +な [禁止形]
え段	え	け	げ	せ	て	ね	べ	め	れ	+ます [可能形] +ば [條件形] [命令形]
お段	お	こ	ご	そ	と	の	ぼ	も	ろ	+う [意向形]
音便	っ	い	い	し	っ	ん	ん	ん	う	+て（で）[て形] +た（だ）[た形]

請看實例練習：

〔会います〕的〔ない形〕： 会 → わ → ない [ない形] ＝〔会わない〕

〔置きます〕的〔意向形〕： 置 → こ → う [意向形] ＝〔置こう〕

〔急ぎます〕的〔辭書形〕： 急 → ぐ → [辭書形] ＝〔急ぐ〕

〔待ちます〕的〔 て形 〕： 待 → っ → て [て形] ＝〔待って〕 *註 18

〔飲みます〕的〔條件形〕： 飲 → め → ば [條件形] ＝〔飲めば〕

總結：左側圖表

- 「第Ⅰ類動詞」是根據五十音表的「あ段〜お段」做變化，所以此類動詞，也被稱為「五段動詞」。

- 最末列「音便」是指：原本該列是採取「い段」的變化，但為了「發音的方便」，發音的時候，不說「い段列」的發音，會說「音便列」的音。後來演變成，連書寫、表記時，也寫成「方便發音的音」了。

---

*註 18

請看圖表最下方黑色箭頭。「が行、な行、ば行、ま行」的「て形」和「た形」，分別是「濁音」的「〜で」和「〜だ」。例如：

- 「が行」的「泳ぎます」 → 泳いで [て形] ・ 泳いだ [た形]
- 「な行」的「死にます」 → 死んで [て形] ・ 死んだ [た形]

---

3 「動詞變化」的方法：〔2〕第II、III類動詞

〔動詞變化速查表〕使用方法：第II、III類動詞

請依循「**永平方向**」路徑：

● 〔第II類動詞〕：依循「藍→黃→紅」順序使用。

● 〔第III類動詞〕：依循「藍→紅」順序使用。

圖表14（下）

第 II 類動詞		第 III 類動詞		
食べ / 教え / 起き / 見 / 寝	ない	来ない	しない	ない形
	なかった	来なかった	しなかった	なかった形
	られます	来られます	されます	受身形、尊敬形
	させます	来させます	させます	使役形
	ます	来ます	します	ます形
	る	来る	する	辭書形
	るな	来るな	するな	禁止形
	られます	来られます	できます	可能形
	（れます）	（来れます）		（「去掉ら」的可能形）
	れば	来れば	すれば	條件形
	ろ	来い	しろ	命令形
	よう	来よう	しよう	意向形
	て	来て	して	て形
	た	来た	した	た形

請看實例練習：

第II類動詞（例：食べ<ruby>た<rt>た</rt></ruby>ます）　　　　　第III類動詞（来<ruby>き<rt>き</rt></ruby>ます、します）

食<ruby>た<rt>た</rt></ruby>べ

→ない ——————— ない形 ——————— 来<ruby>こ<rt>こ</rt></ruby>ない、しない

→なかった ——————— なかった形 ——————— 来<ruby>こ<rt>こ</rt></ruby>なかった、しなかった

→られます ——————— 受身形or尊敬形 ——————— 来<ruby>こ<rt>こ</rt></ruby>られます、されます

→させます ——————— 使役形 ——————— 来<ruby>こ<rt>こ</rt></ruby>させます、させます

→ます ——————— ます形 ——————— 来<ruby>き<rt>き</rt></ruby>ます、します

→る ——————— 辭書形 ——————— 来<ruby>く<rt>く</rt></ruby>る、する

→るな ——————— 禁止形 ——————— 来<ruby>く<rt>く</rt></ruby>るな、するな

→られます ——————— 可能形 ——————— 来<ruby>こ<rt>こ</rt></ruby>られます、できます

→(れます) —（「去掉ら」的可能形）—（来<ruby>こ<rt>こ</rt></ruby>れます）、

→れば ——————— 條件形 ——————— 来<ruby>く<rt>く</rt></ruby>れば、すれば

→ろ ——————— 命令形 ——————— 来<ruby>こ<rt>こ</rt></ruby>い、しろ

→よう ——————— 意向形 ——————— 来<ruby>こ<rt>こ</rt></ruby>よう、しよう

→て ——————— て形 ——————— 来<ruby>き<rt>き</rt></ruby>て、して

→た ——————— た形 ——————— 来<ruby>き<rt>き</rt></ruby>た、した

總結：左側圖表

- 「第II類動詞」的變化，比「第I類動詞」單純。

- 「第III類動詞」屬於「不規則變化」，除了死背沒有其他方法。所幸只有「来<ruby>き<rt>き</rt></ruby>ます」和「します」這兩種而已。

4「動詞變化」的再變化

「動詞」經過一次變化之後，還可能再繼續進行變化。

下方以「飲みます」為例，說明「變化 → 再變化」的情況。

・〔飲みます〕的 使役形 的 受身形 ⇒ 合計兩次變化

飲みます　　　變成「使役形」
ませます　　　　　　變成「受身形」
　　　られます

＝ 飲ませられます　← 使役受身形

・〔飲みます〕的 ない形 的 た形 ⇒ 合計兩次變化

飲みます　　　變成「ない形」
まない　　　　　　變成「た形」
　　かった

＝ 飲まなかった　← なかった形

不過，「動詞變化方式」其實存在著「優先順位」。接下來將介紹「動詞變化的優先順位」。

圖表 15

順位 1	順位 2	順位 3	順位 4	順位 5	順位 6
使役形	可能形 受身形 尊敬形	丁寧形 （ます形）	命令形 肯定形 （辭書形） 否定形 （ない形） 禁止形	て形 過去形 （た形） 意向形 ＊註 19	條件形

規則 1　「相同順位」的變化，不會一起出現。

　　　　例如：「順位 2」的「可能形」不會再變成「受身形」。

規則 2　「跳過順位進行變化」的情況，也很常見。例如：

　　　　使役形（順位 1）的　否定形（順位 4）的　條件形（順位 6）

　　　　飲ませます　　　　→ 飲ませない　　　　→ 飲ませなければ
　　　　（讓他喝）　　　　　　（不讓他喝）　　　　　　（不讓他喝的話）

規則 3　灰色 的變化形，不會再進行變化。

規則 4　如果變化成「使役形・可能形・受身形・尊敬形」，之後的變化（除了ない形以外），就會根據「第 II 類動詞」的變化原則進行變化。

規則 5　如果變化成「否定形（ない形）」，之後的變化，就會根據「い形容詞」的變化原則進行變化。＊註 20

（＊註 19、20 詳見 P222）

---

*註 19

「意向形」原本屬於「順位 6」，因為有「た形」的「意向形」存在（例如：
来_きます → 来_きた〔た形〕→ 来_きたろう〔意向形〕）。但在現代文之中，幾乎已經
沒有這種用法了，所以把「意向形」劃分為「順位 5」。

---

*註 20

● 「否定形（ない形）」的變化，全部依循如下原則：
（「ます形」的「否定形」除外。）（★ 數量越多，表示使用頻率越高。）

ない形 ------------------------------ 〜ない ★★★
ない形 → て形 ----------------------- 〜なくて ★★★
ない形 → 過去形 -------------------- 〜なかった ★★★　　　也稱為「なかった形」
ない形 → 條件形 -------------------- 〜なければ ★★★
ない形 → 意向形 ------------------- 〜なかろう
ない形 → 過去形 → 條件形 ------- 〜なかったら ★★★

● 「ます形」的變化，全部依循如下原則：
（有些變化雖然存在，卻幾乎不使用。）（★ 數量越多，表示使用頻率越高。）

ます形 → 肯定形 --------------------------- 〜ます ★★★
ます形 → 否定形 --------------------------- 〜ません ★★★
ます形 → 命令形 --------------------------- 〜ませ ★　　用於「いらっしゃいませ」
ます形 → 禁止形 --------------------------- 〜ますな
ます形 → 肯定形 → 過去形 ------------------ 〜ました ★★★
ます形 → 否定形 → 過去形 ------------------ 〜ませんでした ★★★
ます形 → 肯定形 → 條件形 ----------------- 〜ますれば
ます形 → 否定形 → 條件形 ----------------- 〜ませんなら
ます形 → 肯定形 → 意向形 ----------------- 〜ましょう ★★★
ます形 → 否定形 → 意向形 ----------------- 〜ませんでしょう
ます形 → 肯定形 → て形 ------------------- 〜まして ★　　　用於「初_{はじ}めまして」等
ます形 → 否定形 → て形 ------------------- 〜ませんでして
ます形 → 肯定形 → 過去形 → 條件形 ------- 〜ましたら ★★
ます形 → 否定形 → 過去形 → 條件形 ------- 〜ませんでしたら ★★

「動詞變化」的再變化：三次變化例

也有變化「三次以上」的情況。依序以圖示說明變化方法。

例

〔話します〕的 可能形 的 ない形 的 條件形 ⇒合計三次變化

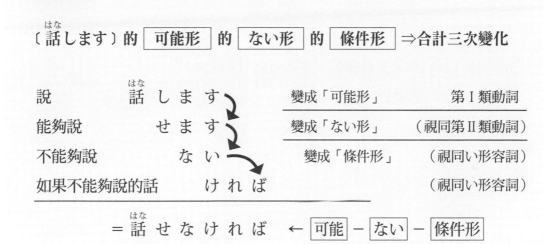

說	話します	變成「可能形」	第Ⅰ類動詞
能夠說	せます	變成「ない形」	（視同第Ⅱ類動詞）
不能夠說	ない	變成「條件形」	（視同い形容詞）
如果不能夠說的話	ければ		（視同い形容詞）

= 話せなければ ← 可能 － ない － 條件形

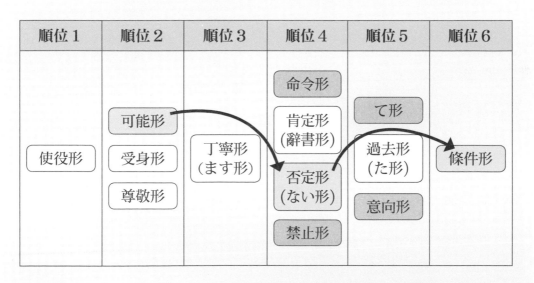

順位1	順位2	順位3	順位4	順位5	順位6
使役形	可能形 受身形 尊敬形	丁寧形 （ます形）	命令形 肯定形 （辭書形） 否定形 （ない形） 禁止形	て形 過去形 （た形） 意向形	條件形

使用例

日本語が話せなければ、日系会社では働けません。

（如果不能夠說日語的話，就無法在日商公司工作。）

「動詞變化」的再變化：四次變化例

變化「四次」的情況。以圖示說明變化方法。

例

〔笑います〕的 使役形 的 可能形 的 ない形 的 て形 ⇒合計四次變化

笑	笑います	變成「使役形」	第Ⅰ類動詞
使~笑	わせます	變成「可能形」	（視同第Ⅱ類動詞）
能夠使~笑	られます	變成「ない形」	（視同第Ⅱ類動詞）
不能夠使~笑	ない	變成「て形」	（視同い形容詞）
因為不能夠使~笑	くて		（視同い形容詞）

＝笑わせられなくて ← 使役 － 可能 － ない － て形

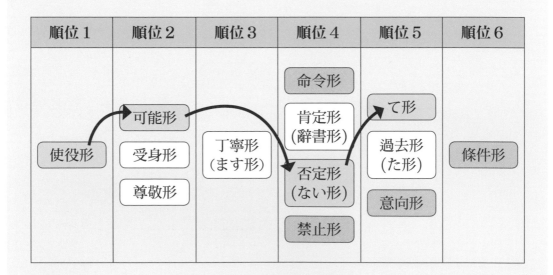

使用例

（お笑い芸人）お客さんを笑わせられなくて、落ち込んでいます。

（（搞笑藝人）因為無法使觀眾笑出來，覺得很沮喪。）

變化「五次」的情況。以圖示說明變化方法。

例

〔働 きます〕的 使役形 的 受身形 的 ない形 的 た形 的 條件形 ⇒合計五次變化

工作	働 きます	變成「使役形」	第 I 類動詞
叫~工作	かせます	變成「受身形」	（視同第 II 類動詞）
被迫工作	られます	變成「ない形」	（視同第 II 類動詞）
不會被迫工作	ない	變成「た形」	（視同い形容詞）
沒有被迫工作	かった	變成「條件形」	（視同い形容詞）
如果沒有被迫工作的話	たら		（視同い形容詞）

= 働 かせられなかったら ← 使役 - 受身 - ない - た - 條件形

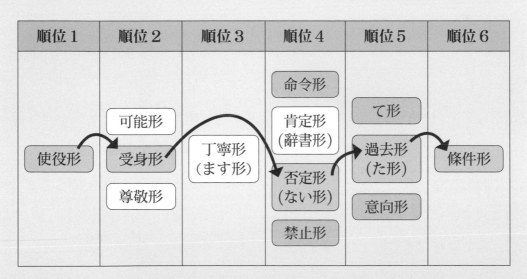

順位1	順位2	順位3	順位4	順位5	順位6
	可能形		命令形	て形	
使役形	受身形	丁寧形（ます形）	肯定形（辭書形）／否定形（ない形）	過去形（た形）	條件形
	尊敬形		禁止形	意向形	

使用例

あの日もし、こんな遅い時間まで働かせられなかったら、夫は事故に遭うことはなかったはずだ。

（那天如果沒有被迫工作到這麼晚的話，丈夫應該就不會遭遇事故了。）

專欄 「述語」的階層性

「述語的階層性」影響「動詞變化的優先順位」

前面已經說明，「動詞變化」具有「優先順位」。不過，這個「優先順位」是如何產生的呢？

事實上，<u>「文」的「述語部分」有「階層性」，「述語的階層性」決定了「動詞變化的優先順位」</u>。

例如：

上司（じょうし）に残業（ざんぎょう）させられていなかったでしょうね。

（之前沒有被主管逼迫加班對吧？）

這個句子，是經過以下的過程，而形成的：

残業 します ------------------------------- 最根本的動詞
上司が残業 させます ------------------------ 使役表現 ┐
上司に残業させ られます ---------------------- 受身表現 ┘ ①
上司に残業させられて います --------------- 表示狀態「て形＋います」┐
上司に残業させられてい ません -------------- 否定形 ├ ②
上司に残業させられていません でした ---------- 過去形 ┘
上司に残業させられていなかった でしょう ------ 推測的助述詞「でしょう」┐
上司に残業させられていなかったでしょう ね --- 再確認的終助詞「ね」┘ ③

（＊請先試著閱讀，P228另附中譯參考）

「述語」的「階層順序」

以「語言學的觀點」說明「述語的階層性」：

圖表 16

分類	語言學的說法	所指為何	屬於「文」的哪一部分	階層順序	學習順序
態	ヴォイス（voice）	使役、受身、可能、尊敬…等	立場的部分	①	4
相	アスペクト（aspect）	動作或事情的階段、時間性	階段的部分	②	3
肯否		肯定或否定	肯否的部分		1
時制	テンス（tense）	現在（未來）或過去	時制的部分		2
法	モダリティ（modality）	說話者的看法或說法	主觀的部分	③	4
語氣		傳達給說話對象的階段	搭話的部分		

「述語階層」的對稱性

有趣的是，這樣的「階層順序」在「述語之外的前面部分」，也會「對稱出現」。請看下方的例文。

圖表 17

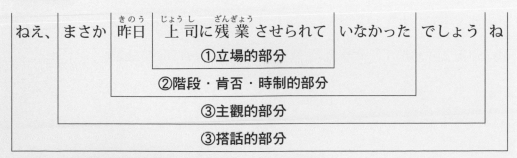

（喂，沒想到昨天沒有被主管逼迫加班對吧？）

總結：述語的階層性

雖然日語的語順比較自由，**但所謂的「比較自由」是指「補足語」的出現順序。**「述語」的部分，還是得遵守「述語的階層順序」。這一點請特別注意。

殘業 しずます （要加班）

上司が殘業 させます （主管叫我要加班）

上司に殘業させ られます （被主管逼迫要加班）

上司に殘業させられて います （現在被主管逼迫加班）

上司に殘業させられてい ません （現在沒有被主管逼迫加班）

上司に殘業させられていません でした （之前沒有被主管逼迫加班）

上司に殘業させられていなかった でしょう （之前沒有被主管逼迫加班吧？）

上司に殘業させられていなかったでしょう ね （之前沒有被主管逼迫加班對吧？）

筆記頁

空白一頁，讓你記錄學習心得，也讓下一頁的學習內容，能以跨頁呈現，方便於對照閱讀。

がんばってください。

（請加油！）

第三節　「い形容詞‧な形容詞‧名詞（＋助述詞）」的變化

「い形容詞‧な形容詞‧名詞（＋助述詞）」的變化

除了「動詞」之外，能作為「述語」的，主要是下列三種：
「い形容詞」「な形容詞」「名詞（＋助述詞）」。

這三種，和「動詞」不同的是：

- 沒有「第Ⅰ類‧第Ⅱ類‧第Ⅲ類」等的分類方式。
- 沒有「使役形」「可能形」「受身形」「尊敬形」等變化。
- 「變化的種類」沒有那麼多。

詳細的變化內容，請參考右頁：
圖表18「い形容詞‧な形容詞‧名詞（＋助述詞）」變化一覽表。

※〔圖表18〕　　　和　　　的說明：

- 〔基本四變化〕的〔普通形〕：　　　的內容。
  〔な形容詞〕和〔名詞〕的「現在肯定形普通形」，通常會省略「だ」。
- 〔基本四變化〕的〔丁寧形〕：
  〔な形容詞〕和〔名詞〕——直接接續　　　，就變成「丁寧形」。
  〔い形容詞〕——「普通形」直接接續「です」，就變成「丁寧形」。

*「基本四變化」請參照【第二章/第一節】（P172）

「い形容詞・な形容詞・名詞（＋助述詞）」變化一覽表

	い形容詞	な形容詞	名詞 +だ（助述詞）	名詞 +です（助述詞）	名詞 +である（助述詞）
現在肯定形	−い	−[だ]	−[だ]	−です	−である
現在否定形	−くない	−じゃない	−じゃない	−じゃありません	−ではない
過去肯定形	−かった	−だった	−だった	−でした	−であった
過去否定形	−くなかった	−じゃなかった	−じゃなかった	−じゃありませんでした	−ではなかった
て形	−くて	−で	−で	−でして	−であって
中止形用法	−く	−で	−で	無	−であり
名詞接續 現在肯定形	−い	−な	−の／（−な）＊註21	無	−である
名詞接續 現在否定形	−くない	−じゃない	−じゃない	無	−ではない
名詞接續 過去肯定形	−かった	−だった	−だった	無	−であった
名詞接續 過去否定形	−くなかった	−じゃなかった	−じゃなかった	無	−ではなかった
副詞用法	−く	−に	−に	無	無
條件形	−ければ	−なら	−なら	無	−であれば
否定條件形	−くなければ	−じゃなければ	−じゃなければ	無	−でなければ
過去條件形	−かったら	−だったら	−だったら	−でしたら	−であったら
過去否定條件形	−くなかったら	−じゃなかったら	−じゃなかったら	−じゃありませんでしたら	−でなかったら
意向形	−かろう	−だろう	−だろう	−でしょう	−であろう
否定意向形	−くなかろう	−じゃなかろう	−じゃなかろう	無	−ではなかろう

＊註21
接續「形式名詞」〔の〕或「接續助詞」〔ので〕〔のに〕等時，會變成「な」。

極少使用的「命令形」

「い形容詞」以及「論說體」〔～である〕，除了「圖表18」所列的變化之外，也有「命令形」。但兩者的「命令形」都十分少用。

- 〔い形容詞〕的〔命令形〕→〔～くあれ〕
- 〔 論說體 〕的〔命令形〕→〔～であれ〕

〈例〉

  美しい 〔い形容詞〕   （美麗的）
→ 美しくあれ〔い形容詞-命令形〕 （要美麗）

  正直である〔な形容詞-論說體〕 （正直）
→ 正直であれ〔な形容詞-論說體-命令形〕（要正直）

「意向形」的普遍用法

「肯定」意向形

根據「圖表18」，「い形容詞」的「意向形」是「～かろう」。但這樣的用法，幾乎不會使用。

「い形容詞」的「肯定意向形」常見表現方式為：

- 〔い形容詞－普通體〕的〔意向形〕→〔～い＋だろう〕
- 〔い形容詞－丁寧體〕的〔意向形〕→〔～い＋でしょう〕

「否定」意向形

根據「圖表18」，雖然可以看到「い形容詞・な形容詞・名詞（＋助述詞）」的「否定意向形」變化，但其實不論哪一種，幾乎都不會使用。

「否定意向形」常見表現方式為：

- 〔普通體〕的〔否定意向形〕→
  〔～くない／～じゃない／～ではない＋だろう〕
- 〔丁寧體〕的〔否定意向形〕→
  〔～くない／～じゃない＋でしょう〕

肯定意向形・否定意向形 實例說明

| い形容詞 | おいしかろう | → | おいしいだろう | / | おいしいでしょう |

普通體 丁寧體

| い形容詞 | おいしくなかろう | → | おいしくないだろう | / | おいしくないでしょう |

普通體 丁寧體

| な形容詞 | 静かじゃなかろう | → | 静かじゃないだろう | / | 静かじゃないでしょう |

普通體 丁寧體

| 名 詞 | 学生じゃなかろう | → | 学生じゃないだろう | / | 学生じゃないでしょう |

普通體 丁寧體

| 動 詞 | 来なかろう | → | 来ないだろう | / | 来ないでしょう |

普通體 丁寧體

「用言」的「名詞化」用法

在本節和上一節，陸續介紹了「用言」（動詞・い形容詞・な形容詞）的變化。現在我們要再回頭看一下，之前介紹過的「圖表4」。

圖表4 「語分類」與「品詞分類」對應關係表（P072）

－：表示「無對應關係」

○：表示「有對應關係」

△：表示「有對應關係，但較少使用」

		品 詞 分 類							
		感應詞	接續詞	連體詞	副詞	名詞	な形容詞	い形容詞	動詞
語分類	主題	－	－	－	－	○	－	－	－
	修飾語	－	－	○	○	○	○	○	○
	補足語	－	－	－	－	○	－	－	－
	述語	－	－	－	△	○	○	○	○
	接續語	－	○	－	－	－	－	－	－
	獨立語	○	－	－	－	△	－	－	－

*「體言」「用言」請參照【第一章/第二節/2 補足語】（P043）

「動詞」不能直接放在「補足語」或「主題」的位置

「圖表4」 ▓▓▓ 的部分，表示「な形容詞」「い形容詞」「動詞」無法成為「主題」或「補足語」。

在前面的章節中，介紹「圖表 4」的時候，針對 ▓▓▓ 有如下註解（請參照 P073 * 註 8）：
「動詞」「い形容詞」「な形容詞」如果搭配「形式名詞」，能夠作為「主題」或「補足語」。詳細說明請參照【第二章/第三節】（P230）。

現在，我們就要透過實際文例，具體說明上述的註解：

- わたし
  私 は　ケーキが　好きです。　（我喜歡蛋糕。）
  主題　　補足語　　述語

在上面的句子中：
「ケーキ」是「名詞」，「名詞」可以搭配「助詞」形成「補足語」。

那麼，如果喜歡的是「散歩します」這個動作，會是怎麼樣呢？

> ✕　「散歩します」是「動詞」，無法搭配「助詞」成為「補足語」。

- わたし　　さん ぽ　　　　　　　す
  私 は　散歩しますが　好きです。
  主題　　補足語　　　述語

> ✕　「散歩する」是「動詞的辭書形」，仍然是「動詞」；
> 無法搭配「助詞」成為「補足語」。

- わたし　　さん ぽ　　　　す
  私 は　散歩するが　好きです。
  主題　　補足語　　述語

「動詞」不可以直接放在「補足語」（或者「主題」）的位置。

如果是「動作性名詞」，就沒有問題。

但是，「散歩します」是由「散歩」這個「**動作性名詞**」加上「します」而「動詞化」的結果。因此，如果使用原本就是「名詞」的「散歩」，就沒有問題。

○　「散歩」是「名詞」，可以搭配「助詞」成為「補足語」。

・ 私 は 　 散歩が 　 好きです。 （我喜歡散步。）
　わたし　　　さんぽ　　　す
　主題　　　　補足語　　　述語

如果沒有「動作性名詞」，又該怎麼辦呢？

但是，如果是「沒有動作性名詞」的「動作」，例如「歩きます」，想要
　　　　　　　　　　　　　　　　　　　　　　　　　　　ある
表達「討厭走路」這樣的想法時，該怎麼辦呢？當然，像下面這樣，直接
「把動詞當作補足語」使用，是不可以的。

×　「歩きます」是「動詞」，無法搭配「助詞」成為「補足語」。

・ 私 は 　 歩きますが 　 嫌いです。
　わたし　　　ある　　　　　きら
　主題　　　　補足語　　　　述語

×　「歩く」是「動詞的辭書形」，仍然是「動詞」；
　　無法搭配「助詞」成為「補足語」。

・ 私 は 　 歩くが 　 嫌いです。
　わたし　　　ある　　　きら
　主題　　　補足語　　　述語

「動詞」不可以直接放在格助詞「が」的前面。那麼，要怎麼辦才好呢？

讓「動詞」接續「名詞」當作「補足語」使用

請一起看前面介紹過的〔圖表 13〕（P198）和〔圖表 18〕（P231）：

- 〔圖表 13〕：「動詞變化」舉例一覽表
- 〔圖表 18〕：「い形容詞・な形容詞・名詞（＋助述詞）」變化一覽表

介紹〔圖表 13〕的時候，有如下的註解（請參照 P199＊註 15）：

動詞的「辭書形／ない形／た形／なかった形」相當於「名詞接續」的：

「現在肯定形／現在否定形／過去肯定形／過去否定形」。

而〔圖表 18〕，介紹了「い形容詞・な形容詞・名詞（＋助述詞）」的「名詞接續」方法（請參照 P231「名詞接續」欄位）。

也就是說，「動詞、い形容詞、な形容詞」是可以接續「名詞」的。

那麼，要如何表達「討厭走路」這樣的想法呢？

既然：

- 「動詞」可以接續「名詞」。
- 「動詞」不可以直接放在格助詞「が」的前面。
- 「動詞」不可以直接放在「補足語」（或者「主題」）的位置。

那麼，解決的方法就是：

讓「動詞」接續「某個名詞」，再把那個「名詞」當成「補足語」使用。

「動詞」接續「形式名詞」當作「補足語」使用（1）

那麼，所謂的「某個名詞」，是指什麼樣的「名詞」呢？

就是屬於「形式名詞」的「の」和「こと」。 *註22

「形式名詞」的「の」雖然看起來像「助詞」，但是和助詞「の」完全不同。請把「形式名詞」的「の」視為「名詞」。

形式名詞「の」和「こと」：

- 屬於「名詞」，卻是「不具有特定意思的名詞」。
- 只是為了方便把用言（動詞・い形容詞・な形容詞）當成「主題」或「補足語」，才被使用的「名詞」。

那麼，回到前面的問題，要如何表達「討厭走路」呢 ——

要表達「討厭走路」，就必須使用「形式名詞」。

〔歩_{ある}きます〕的「辭書形」〔歩_{ある}く〕＝「名詞接續」的「現在肯定形」

→ 使用〔歩_{ある}く〕來接續「形式名詞」。

讓「歩_{ある}く」接續「形式名詞」，再把「形式名詞」當成「補足語」使用。

----

*註22

「形式名詞」除了「の」和「こと」之外，還有「ところ」「もの」「わけ」「はず」「つもり」等等。每一個「形式名詞」各自有特殊的文法意義，留待日後的「日語文型」專書再做詳細論述。

「動詞」接續「形式名詞」當作「補足語」使用（2）

「の」是「形式名詞」＝「名詞」，
可以搭配「助詞」成為「補足語」。

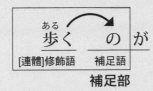

● 私 は　歩く　の　が　嫌いです。　（我討厭走路。）

　　主題　[連體]修飾語　補足語　　述語

　　　　　　　補足部

「動詞」的「現在肯定形」〔歩く〕接續「形式名詞」〔の〕，就可以和
「格助詞」〔が〕一起形成「補足部」。

或者，也可以使用「形式名詞」〔こと〕，形成「補足部」：

● 私 は 歩く　の　が嫌いです。

　　私 は 歩く　こと　が嫌いです。

要把「用言」（動詞・い形容詞・な形容詞）名詞化，當成「主題」或「補足
語」時，必須使用形式名詞「の」或「こと」。

但是在使用上：

● 有時候，「の」或「こと」都可以使用。
● 有時候，必須使用「の」。
● 有時候，必須使用「こと」。

其中的用法差異，將在日後的「日語文型」專書再做詳細論述。

---

*「修飾語」請參照【第一章/第二節/3 修飾語】（P044）。
*「修飾語」和「補足語」形成「補足部」，請參照【第一章/第三節/1 結合「修飾語」形成的「～ 部」】（P060）。

〔用言〕＋〔形式名詞：の〕的文例說明

〔用言〕（動詞・い形容詞・な形容詞）作為 〔主題部〕

● A：明日、大阪のおじさんがうちに遊びに来るよ。

B：へえ、来る の は 何時？
　　　独立語　　[連體]修飾語　主題　　　述語
　　　　　　　　　　　主題部

（A：明天，住大阪的叔叔會來家裡玩喔。）

（B：咦～，幾點會來呢？）

 * 主題部 ＝ 来る〔動詞－名詞接續的現在肯定形〕＋の〔形式名詞〕

● A：タイ料理は好きですか。

B：うーん、辛い の は ちょっと 苦手です。
　　　独立語　　[連體]修飾語　主題　　　修飾語　　　述語
　　　　　　　　　　　主題部

（A：喜歡泰式料理嗎？）

（B：不，我不太敢吃辣的東西。）

 * 主題部 ＝ 辛い〔い形容詞－名詞接續的現在肯定形〕＋の〔形式名詞〕

● （不動産を探している）

A：この部屋はどうですか。交通も便利ですよ。

B：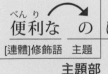便利な の は 魅力的ですが、家賃が ちょっと…。
　　　[連體]修飾語　主題　　　述語　　　　補足語　修飾語
　　　　　主題部

（正在尋找不動產）

（A：這間房子如何呢？交通也很方便喔。）

（B：交通方便這點是很有吸引力，但是租金就有點…。）

 * 主題部 ＝ 便利－な〔な形容詞－名詞接續的現在肯定形〕＋の〔形式名詞〕

---

*「大阪のおじさん」的「おじさん」和「大阪」是「所在」關係。請參照【第一章/第四節/10 助詞：〔3〕
の的用法】（P114）。

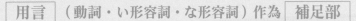

用言 （動詞・い形容詞・な形容詞）作為 補足部

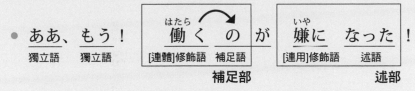

・ああ、もう！ 働（はたら）く の が 嫌（いや）に なった！
獨立語　獨立語　[連體]修飾語　補足語　[連用]修飾語　述語
　　　　　　　　　　　補足部　　　　　　　述部

（啊～真是的！好討厭工作！）

> ＊補足部＝働く〔動詞－名詞接續的現在肯定形〕＋の〔形式名詞〕

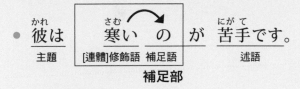

・彼（かれ）は 寒（さむ）い の が 苦手（にがて）です。
主題　　[連體]修飾語　補足語　　述語
　　　　　　　補足部

（他很怕冷。）

> ＊補足部＝寒い〔い形容詞－名詞接續的現在肯定形〕＋の〔形式名詞〕

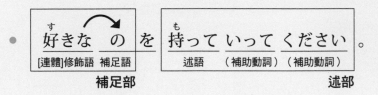

・好（す）きな の を 持（も）って いって ください。
[連體]修飾語　補足語　述語　（補助動詞）（補助動詞）
　　　補足部　　　　　　　　　　　　　　　述部

（請把喜歡的帶走。）

> ＊補足部＝好き－な〔な形容詞－名詞接續的現在肯定形〕＋の〔形式名詞〕

像這樣，把「用言」變成「名詞」的用法，也會使用於「名詞節」。
詳細請參照【第三章/第二節/1 名詞節】（P270）。

日語的「四種文體」

日語的「文體」，取決於「文末」（句尾）的表現方式。

不同的「文體」，會產生「鄭重的感覺」或是「和朋友說話的感覺」等等。帶給「聆聽者」和「閱讀者」不同的印象。

日語的「文體」主要分為四種：

| 丁寧體 | …給予對方「鄭重有禮貌」的印象。是一開始就必須學習的文體。 |

| 普通體 | …具有「家人或朋友間談話的親近感」。但如果用於初次見面的人，對方或許會覺得你沒有禮貌。 |

| 敬語體 | …和「丁寧體」相同，但更進一步使用「敬語表現」；會讓對方留下「尊重談話對象或書信對象」的印象。 |

| 論說體 | …給人生硬的印象，並感受到客觀的語感。常使用於「論文」之類。 |

「同一篇文章」或是「一連串的對話」，通常「會使用一致的文體」。

在中途隨便更換「文體」是不自然的，這一點請特別注意。

接下來，將透過四個圖表，說明各種文體。

因為「敬語體」和「丁寧體」文末表現方式相同，所以只列出「丁寧體」。

- 圖表 19 ——〔動詞〕基本四變化文體
- 圖表 20 ——〔い形容詞〕基本四變化文體
- 圖表 21 ——〔な形容詞〕基本四變化文體
- 圖表 22 ——〔名詞（＋助述詞）〕基本四變化文體

＊註 23（請參照 P 245）

「な形容詞」和「名詞」的「現在肯定形」，通常會省略「だ」。

- -

＊註 24（請參照 P 246）

「論說體」也被稱為「である體」。

事實上，「論說體」和「普通體」的分別有一點模糊。例如「論說體」的「過去肯定形」，也可以不使用「〜であった」，而使用「普通體」的「〜だった」，這樣也是可以的。

「論說體」的最大特徵，就是：
「な形容詞」和「名詞」的「現在肯定形」是「〜である」。

「論說體」的「〜である」和「普通體」的「〜だ」相較之下：
「〜である」的「客觀性強烈」，適用於「避免主觀判斷的論文」等。

但是就如同前面所說的，由於「論說體」和「普通體」的分別有一點模糊，所以即使是「論說體」的文章，如果「不需要特別強調客觀性」，也可以使用屬於「普通體」的「〜だ」。

- -

注意 「丁寧體」的否定形有兩種說法，本書使用的是「沒有括弧」的說法。

圖表 19 〔動詞〕基本四變化文體 〈例〉休みます（休息）

	肯定形	否定形	文體
現在形	休みます	休みません （休まないです）	丁寧體
	休む 〈辭書形〉	休まない 〈ない形〉	普通體
	休む 〈辭書形〉	休まない 〈ない形〉	論說體
過去形	休みました	休みませんでした （休まなかったです）	丁寧體
	休んだ 〈た形〉	休まなかった 〈なかった形〉	普通體
	休んだ 〈た形〉	休まなかった 〈なかった形〉	論說體

圖表 20 〔い形容詞〕基本四變化文體 〈例〉おいしいです（好吃）

	肯定形	否定形	文體
現在形	おいしいです	おいしくないです （おいしくありません）	丁寧體
	おいしい	おいしくない	普通體
	おいしい	おいしくない	論說體
過去形	おいしかったです	おいしくなかったです （おいしくありませんでした）	丁寧體
	おいしかった	おいしくなかった	普通體
	おいしかった	おいしくなかった	論說體

注意 「丁寧體」的否定形有兩種說法，本書使用的是「沒有括弧」的說法。

圖表 21 〔な形容詞〕基本四變化文體〈例〉静かです（安靜）

	肯定形	否定形	文體
現在形	静かです	静かじゃありません （静かじゃないです）	丁寧體
	静か[だ] ＊註23	静かじゃない	普通體
	静かである	静かではない	論說體
過去形	静かでした	静かじゃありませんでした （静かじゃなかったです）	丁寧體
	静かだった	静かじゃなかった	普通體
	静かであった	静かではなかった	論說體

圖表 22 〔名詞（＋助述詞）〕基本四變化文體〈例〉学生です（學生）

	肯定形	否定形	文體
現在形	学生です	学生じゃありません （学生じゃないです）	丁寧體
	学生[だ] ＊註23	学生じゃない	普通體
	学生である	学生ではない	論說體
過去形	学生でした	学生じゃありませんでした （学生じゃなかったです）	丁寧體
	学生だった	学生じゃなかった	普通體
	学生であった	学生ではなかった	論說體

（＊註23 詳見 P243）

「各種文體」的文章

下方是「相同內容」利用「不同文體」所完成的文章。同樣的，因為「敬語體」和「丁寧體」文末表現方式相同，所以只列出「丁寧體」。同時為了便於比較，句與句之間刻意空出空格並對齊。原本日語的句與句之間是不需要空格的。

丁寧體

　　日本は北海道、本州、四国、九州と６千以上の島々からなる島国です。　　四季があって夏は高温多湿、冬は雪が降りますが、乾燥した天気が続きます。　　但し、沖縄では雪は降りません。人口は約１億2700万人です。　　政治制度は議院内閣制で、大統領制じゃありません。　日本の首都は東京ですが、東京以外にも大阪、福岡、名古屋といったにぎやかな都市があります。　東京は交通がとても便利で、にぎやかですが、生活費が高いです。　　大阪は食べ物がおいしいです。京都は昔、日本の中心だった所で、今でも伝統的な建築が残っています。　　北海道は日本の北にあって、冬は雪がたくさん降るのでとても寒いです。

普通體

　　日本は北海道、本州、四国、九州と６千以上の島々からなる島国だ。　　　四季があって夏は高温多湿、冬は雪が降るが、乾燥した天気が続く。　　　　但し、沖縄では雪は降らない。人口は約１億2700万人だ。　　　政治制度は議院内閣制で、大統領制じゃない。　　　　日本の首都は東京だが、東京以外にも大阪、福岡、名古屋といったにぎやかな都市がある。　　　東京は交通がとても便利で、にぎやかだが、生活費が高い。　　　大阪は食べ物がおいしい。京都は昔、日本の中心だった所で、今でも伝統的な建築が残っている。　　　北海道は日本の北にあって、冬は雪がたくさん降るのでとても寒い。

論説體 * 註 24（詳見 P243）

　　日本は北海道、本州、四国、九州と６千以上の島々からなる島国である。　四季があって夏は高温多湿、冬は雪が降るが、乾燥した天気が続く。　　　　但し、沖縄では雪は降らない。人口は約１億2700万人である。　政治制度は議院内閣制で、大統領制ではない。　　　日本の首都は東京であるが、東京以外にも大阪、福岡、名古屋といったにぎやかな都市がある。　　東京は交通がとても便利で、にぎやかであるが、生活費が高い。　　　大阪は食べ物がおいしい。京都は昔、日本の中心だった所で、今でも伝統的な建築が残っている。　　　北海道は日本の北にあって、冬は雪がたくさん降るのでとても寒い。

日本は北海道、本州、四国、九州と６千以上の島々からなる島国です。四季があって夏は高温多湿、冬は雪が降りますが、乾燥した天気が続きます。但し、沖縄では雪は降りません。人口は約１億２７００万人です。政治制度は議院内閣制で、大統領制じゃありません。日本の首都は東京ですが、東京以外にも大阪、福岡、名古屋といったにぎやかな都市があります。東京は交通がとても便利で、にぎやかですが、生活費が高いです。大阪は食べ物がおいしいです。京都は昔、日本の中心だった所で、今でも伝統的な建築が残っています。北海道は日本の北にあって、冬は雪がたくさん降るのでとても寒いです。

文章中譯

日本是由北海道、本州、四國、九州，和六千個以上的島嶼所組成的島國。四季分明，夏季高溫潮濕；冬季雖然會下雪，但是氣候會維持乾燥。不過，沖繩並不會下雪。日本的人口約為一億兩千七百萬人。政治制度採國會內閣制，不是總統制。日本的首都是東京，但是除了東京，還有大阪、福岡、名古屋這些熱鬧的城市。東京的交通非常方便，雖然很熱鬧，但是生活費也很高。大阪的食物很好吃。京都過去是日本的中心，現在仍保留著傳統的建築。北海道在日本的北邊，冬天會下很多雪，所以非常寒冷。

第三章

「文」的構造

本章為提升日語能力，從「單純的句子」到「複雜的句子」，務必徹底理解的重要內容。

到日檢 N4 程度為止，大多是比較單純的句子；N3 程度以上，會開始出現許多構造複雜的句子。「閱讀」或「書寫」複雜的句子時，如果缺乏文法知識，就不容易掌握文句。

即使「乍看之下找不到規則」的複雜句子，也「必定有規則性的結構」。本章將以簡單明瞭的方式，循序漸進介紹「單純的句子」到「複雜的句子」。

第一節　單文

到目前為止，已經陸續說明了「語分類」「品詞」「述語的變化」以及「文體」。
接下來，將列舉「7 種結構」的簡單例文，共 15 句，並依序進行「品詞分析」和
「語分析」。

單文分析〔1〕── 主題 + 述語

1　私 は日本人です。（我是日本人。）

品詞分析

私 〔名詞〕

は 〔助詞：表示主題〕

日本 〔名詞〕 ＋ 人 〔接尾辭〕 ＝ 日本人 〔名詞〕
です 〔助述詞：丁寧體的現在肯定形〕

語 分 析

私は　　日本人です。
主題　　　述語

2　田中さんは休みました。（田中先生休息了。）

品詞分析

田中 〔名詞〕 ＋ さん 〔接尾辭〕 ＝ 田中さん 〔名詞〕

は 〔助詞：表示主題〕

休みました 〔動詞：丁寧體的過去肯定形〕

語 分 析

田中さんは　　休みました。
主題　　　　　述語

3 頭 が痛い。（頭痛。）

品詞分析

頭〔名詞〕

が〔助詞：表示述語（述部）的主體〕

痛い〔い形容詞：普通體的現在肯定形〕

語分析

<u>頭が</u>　<u>痛い</u>。
補足語　　述語

---

4 ご飯を食べます。（吃飯。）

品詞分析

ご〔接頭辭〕＋飯〔名詞〕＝ ご飯〔名詞〕

を〔助詞：表示動作作用對象〕

食べます〔動詞：丁寧體的現在肯定形〕

語分析

<u>ご飯を</u>　<u>食べます</u>。
補足語　　　述語

5 私はイタリア料理が好きだ。（我喜歡義式料理。）

品詞分析

私〔名詞〕

は〔助詞：表示主題〕

イタリア〔名詞〕 + 料理〔名詞〕 = イタリア料理〔名詞〕

* 兩個「單語」組成的「單語」稱為「複合語」。「イタリア料理」即是「複合語」。

が〔助詞：表示焦點〕

好きだ〔な形容詞：普通體的現在肯定形〕

語分析

私は　イタリア料理が　好きだ。
主題　　補足語　　　　述語

----

6 キリンは首が長いです。（長頸鹿的脖子很長。）

品詞分析

キリン〔名詞〕

は〔助詞：表示主題〕

首〔名詞〕

が〔助詞：表示述語（述部）的主體〕

長い〔い形容詞〕

です〔助述詞：丁寧體的現在肯定形〕

語分析

キリンは　首が　長いです。
主題　　　補足語　述語

7 太郎は友達に電話をかけました。（太郎打了電話給朋友。）

品詞分析

太郎 〔名詞〕

は 〔助詞：表示主題〕

友達 〔名詞〕

に 〔助詞：表示動作的對方〕

電話 〔名詞〕

を 〔助詞：表示動作作用對象〕

かけました 〔動詞：丁寧體的過去肯定形〕

語 分 析

太郎は　　友達に　電話を　　かけました。
主題　　　補足語　補足語　　述語

---

8 彼女はバスで学校へ行った。（她搭公車去學校了。）

品詞分析

彼女 〔名詞〕

は 〔助詞：表示主題〕

バス 〔名詞〕

で 〔助詞：表示移動手段〕

学校 〔名詞〕

へ 〔助詞：表示移動方向〕

行った 〔動詞：普通體的過去肯定形〕

語 分 析

彼女は　バスで　学校へ　行った。
主題　　補足語　補足語　述語

單文分析〔5〕—— [連體]修飾語 + 補足語 + 述語

9 大きな会社に 就 職 しました。（進入了大公司工作。）
（おお かいしゃ しゅうしょく）

【品詞分析】

大きな 〔連體詞〕

会社 〔名詞〕

に 〔助詞：表示進入點〕

就職しました 〔動詞：丁寧體的過去肯定形〕

【語 分 析】

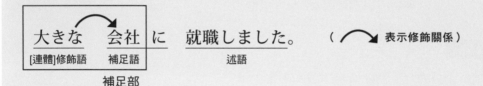

----

10 可愛い洋服が欲しい。（想要可愛的洋裝。）
（かわい ようふく ほ）

【品詞分析】

可愛い 〔い形容詞：名詞接續的現在肯定形〕

洋服 〔名詞〕

が 〔助詞：表示焦點〕

欲しい 〔い形容詞：普通體的現在肯定形〕

【語 分 析】

*「連體修飾語」「連用修飾語」請參照【第一章/第二節/3 修飾語】（P044）。
*「修飾語」和「補足語」形成「補足部」，請參照【第一章/第三節/1 結合「修飾語」形成的「～ 部」】（P060）。

11 英語が全然わかりません。（完全不懂英語。）

品詞分析

英語〔名詞〕

が〔助詞：表示焦點〕

全然〔副詞〕

わかりません〔動詞：丁寧體的現在否定形〕

語分析

英語が　全然　わかりません。　（ ⤴ 表示修飾關係）
補足語　[連用]修飾語　述語

----

12 ゆっくり朝ご飯を食べる。（慢慢地吃早餐。）

品詞分析

ゆっくり〔副詞〕

朝〔名詞〕

ご〔接頭辭〕＋飯〔名詞〕＝ご飯〔名詞〕

朝〔名詞〕＋ご飯〔名詞〕＝朝ご飯〔名詞〕

＊兩個「單語」組成的「單語」稱為「複合語」。「朝ご飯」即是「複合語」。

を〔助詞：表示動作作用對象〕

食べる〔動詞：普通體的現在肯定形〕

語分析

ゆっくり　朝ご飯を　食べる。　（ ⤴ 表示修飾關係）
[連用]修飾語　補足語　述語

關於「副詞」修飾「用言」時的位置，在前面的章節，也已經做了說明（請參照【第一章/第四節/5 副詞】P082）：

- <u>「副詞」的位置，會在「所修飾的用言前面」。</u>
- <u>「副詞」沒有緊接著「用言」也沒有關係；但是如果兩者距離太遠，就會變得不容易理解文意。</u>

如同上一頁的最後一個例文：

「修飾語」（ゆっくり：副詞）沒有緊接著「被修飾語」（食べる：用言）也沒有關係。但是「修飾語」一定會先出現，再出現「被修飾語」。

單文分析〔7〕—— 各種搭配組合

13　彼は赤いバラと白いチューリップをいっぱい買った。
（他買了許多紅玫瑰和白色鬱金香。）

品詞分析

彼 〔名詞〕

は 〔助詞：表示主題〕

赤い 〔い形容詞：名詞接續的現在肯定形〕

バラ 〔名詞〕

と 〔助詞：表示並立〕

白い 〔い形容詞：名詞接續的現在肯定形〕

チューリップ 〔名詞〕

を 〔助詞：表示動作作用對象〕

いっぱい 〔副詞〕

買った 〔動詞：普通體的過去肯定形〕

語分析 （  表示修飾關係）

彼は	赤い	バラと	白い	チューリップ	を	いっぱい	買った。
主題	修飾語	補足語	修飾語	補足語		修飾語	述語

並立語

補足部

---

14 もっと早くうちへ帰ってきてください。（請再早一點回家。）

品詞分析

もっと 〔副詞〕

早く 〔い形容詞：副詞用法〕

うち 〔名詞〕

へ 〔助詞：表示移動方向〕

帰って 〔動詞：て形〕

きて 〔補助動詞：て形〕

ください 〔補助動詞：命令形〕

語分析

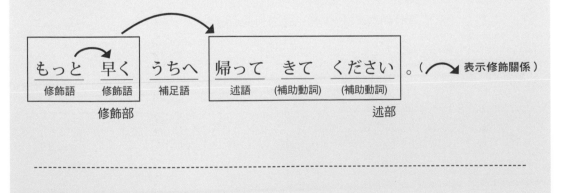

もっと	早く	うちへ	帰って	きて	ください
修飾語	修飾語	補足語	述語	(補助動詞)	(補助動詞)

修飾部　　　　　　　述部

（ 表示修飾關係）

---

* 「並立語」請參照【第一章/第二節/7 並立語】（P056）。
* 兩個以上的文節，會形成「部」，請參照【第一章/第三節 從「語」到「部」】（P058）。

15 私 の 誕 生 日に日本語の先生と先輩がプレゼントを用意
してくれました。

（我過生日時，日語老師和學長為我準備了禮物。）

品詞分析

私 〔名詞〕

の 〔助詞：表示連體修飾〕

誕生 〔名詞〕 ＋ 日〔名詞〕 ＝ 誕生日〔名詞〕

> ＊兩個「單語」組成的「單語」稱為「複合語」。「誕生日」即是「複合語」。

に 〔助詞：表示動作進行時點〕

日本 〔名詞〕 ＋ 語〔接尾辭〕 ＝ 日本語〔名詞〕

の 〔助詞：表示連體修飾〕

先生 〔名詞〕

と 〔助詞：表示並立〕

先輩 〔名詞〕

が 〔助詞：表示述語（述部）的主體〕

プレゼント 〔名詞〕

を 〔助詞：表示動作作用對象〕

用意して 〔動詞：て形〕

くれました 〔補助動詞：丁寧體的過去肯定形〕

語 分 析 （ ⌒ 表示修飾關係）

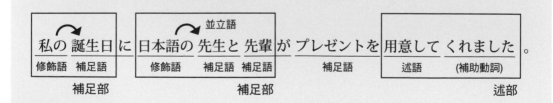

＊「私の誕生日」的「の」、「日本語の先生」的「の」都是屬於「連體修飾」的「の」（請參照【第一章/第四節/10 助詞：〔3〕の的用法】P114），所以「私の」、「日本語の」屬於「修飾語」。

總結：「品詞分析」和「語分析」的幫助

看過了上面所列舉的「7 種結構」的簡單例文，大家覺得如何呢？

透過「品詞分析」和「語分析」，應該比較容易掌握「文」的「整體樣貌」吧！

對於初學日語的人來說，首先要做的，就是熟記各式各樣的「文型」。

然後，當腦海中出現「為什麼這個文型要這樣表達呢？」的疑惑時：
從「品詞分類」和「語分類」的文法觀點，對文句進行了解與分析；
這樣做，應該就能夠「理解文型」，並且能夠進一步「使用文型」了。

接下來，要說明什麼是「單文」。

前面所列舉的「7 種結構」的簡單例文，全部都是「**單文**」。

● 「單文」是指：

一個「文」（句子）之中，「和其他單語有關係的述語（述部）」只有一個。
這樣的「文」就稱為「單文」。

下面，我們全部使用「單文」，來寫一篇簡短的文章看看。

「單文」的文章

● 題目：私^{わたし}の家族^{かぞく}（我的家人）

今朝^{けさ}はサンドイッチを食^たべました。そのサンドイッチは兄^{あに}が買^かって
きました。兄^{あに}は社会人^{しゃかいじん}です。私^{わたし}は大学生^{だいがくせい}です。今朝遅^{けさおそ}く起^おきました。
ですから、大学^{だいがく}に遅刻^{ちこく}しそうです。朝早^{あさはや}く起^おきます。私^{わたし}はそれが
苦手^{にがて}です。私^{わたし}には妹^{いもうと}がいます。妹^{いもうと}は看護学校^{かんごがっこう}に通^{かよ}っています。
妹^{いもうと}は兄^{あに}の車^{くるま}に乗^のります。そして、学校^{がっこう}へ行^いきます。私^{わたし}は社会^{しゃかい}
人^{じん}じゃありません。ですから、車^{くるま}が買^かえません。もし、お金^{かね}があり
ます。車^{くるま}を買^かいたいです。早^{はや}く準備^{じゅんび}しなさい。母^{はは}は私^{わたし}にそう言^い
いました。父^{ちち}は会議^{かいぎ}に出席^{しゅっせき}します。そのために、先週^{せんしゅう}から東京^{とうきょう}
へ出張^{しゅっちょう}しています。父^{ちち}がいつ帰^{かえ}ってきますか。わかりません。

條列文章中的「單文」

接著，條列文章中的每一個「單文」並加上編號。 ☐ 表示：述語（述部）。

(1) 今朝はサンドイッチを 食べました 。　　　　（今天早上吃了三明治。）

(2) そのサンドイッチは兄が 買ってきました 。　（那個三明治是哥哥買回來的。）

(3) 兄は 社会人です 。　　　　　　　　　　　　（哥哥是社會人士。）

(4) 私は 大学生です 。　　　　　　　　　　　　（我是大學生。）

(5) 今朝遅く 起きました 。　　　　　　　　　　（今天早上很晚起床。）

(6) ですから、大学に 遅刻しそうです 。　　　　（因此，去大學差點遲到。）

(7) 朝早く 起きます 。　　　　　　　　　　　　（早上很早要起床。）

(8) 私はそれが 苦手です 。　　　　　　　　　　（我不擅長那個。）

(9) 私には妹が います 。　　　　　　　　　　　（我有妹妹。）

(10) 妹は看護学校に 通っています 。　　　　　　（妹妹正在念護理學校。）

(11) 妹は兄の車に 乗ります 。　　　　　　　　　（妹妹會搭哥哥的汽車。）

(12) そして、学校へ 行きます 。　　　　　　　　（然後，去學校。）

(13) 私は 社会人じゃありません 。　　　　　　　（我不是社會人士。）

(14) ですから、車が 買えません 。　　　　　　　（所以，買不起汽車。）

(15) もし、お金が あります 。　　　　　　　　　（如果有錢。）

(16) 車を 買いたいです 。　　　　　　　　　　　（我想要買汽車。）

(17) 早く 準備しなさい 。　　　　　　　　　　　（快點做準備。）

(18) 母は私にそう 言いました 。　　　　　　　　（媽媽對我那麼說。）

(19) 父は会議に 出席します 。　　　　　　　　　（爸爸要參加會議。）

(20) そのために、先週から東京へ 出張しています 。（因此，上週開始就去東京出差。）

(21) 父がいつ 帰ってきますか 。　　　　　　　　（爸爸什麼時候回來呢？）

(22) わかりません 。　　　　　　　　　　　　　（我不知道。）

全部使用「單文」，感覺囉嗦又不自然

全部的「單文」看下來，覺得怎麼樣呢？是不是感覺很囉嗦、很不自然？如果全部使用「單文」寫文章，句數一定相當多。因此，「複文」是必須的。

什麼是「複文」？

- 「複文」是指：

一個「文」（句子）之中，「和其他單語有關係的述語（述部）」有複數個。
這樣的「文」就稱為「複文」。

合併「單文」成為「複文」

我們把前面的「單文」，試著改成「複文」看看。

- （1）、（2）、（3）……（22）：是〔單文〕。

  [　　] 表示：〔單文〕的「述語（述部）」。

- （A）、（B）、（C）……（K）：是合併後的〔複文〕。

  [　　] 表示：〔複文-主節〕的「述語（述部）」，是〔複文〕最重要的「述語」。

  [　　] 表示：〔複文-從屬節〕的「述語（述部）」。

  ※「主節」、「從屬節」將在【第三章/第二節】說明，在此先做提示。

（1）今朝はサンドイッチを 食べました 。＋（2）そのサンドイッチは兄が 買ってきました 。
＝（A）今朝は兄が 買ってきた サンドイッチを 食べました 。

(3) 兄は 社会人です 。＋（4）私は 大学生です 。

＝（B）兄は 社会人で 、私は 大学生です 。

(5) 今朝遅く 起きました 。＋（6）ですから、大学に 遅刻しそうです 。

＝（C）今朝遅く 起きたので 、大学に 遅刻しそうです 。

(7) 朝早く 起きます 。＋（8）私はそれが 苦手です 。

＝（D）私は朝早く 起きるの が 苦手です 。

(9) 私には妹が います 。＋（10）妹は看護学校に 通っています 。

＝（E）私には看護学校に 通っている 妹が います 。

(11) 妹は兄の車に 乗ります 。＋（12）そして、学校へ 行きます 。

＝（F）妹は兄の車に 乗って 、学校へ 行きます 。

(13) 私は 社会人じゃありません 。＋（14）ですから、車が 買えません 。

＝（G）私は 社会人じゃありませんから 、車が 買えません 。

(15) もし、お金が あります 。＋（16）車を 買いたいです 。

＝（H）もし、お金が あれば 、車を 買いたいです 。

(17) 早く 準備しなさい 。＋（18）母は私にそう 言いました 。

＝（I）母は私に 早く準備しなさい と 言いました 。

(19) 父は会議に 出席します 。＋（20）そのために、先週から東京へ 出張しています 。

＝（J）父は会議に 出席するために 、先週から東京へ 出張しています 。

(21) 父がいつ 帰ってきますか 。＋（22） わかりません 。

＝（K）父がいつ 帰ってくるか 、 わかりません 。

接著，再把這些「複文」，組合成一篇文章。

「複文」的文章

● 題目：私の家族（我的家人）

今朝は兄が買ってきたサンドイッチを食べました。兄は社会人で、

私は大学生です。今朝遅く起きたので、大学に遅刻しそうです。

私は朝早く起きるのが苦手です。私には看護学校に通っている

妹がいます。妹は兄の車に乗って、学校へ行きます。私は

社会人じゃありませんから、車が買えません。もし、お金があれば、

車を買いたいです。母は私に早く準備しなさいと言いました。

父は会議に出席するために、先週から東京へ出張していま

す。父がいつ帰ってくるか、わかりません。

使用「複文」讓文章簡潔俐落

使用「複文」之後，文章變得相當簡潔了吧。就像這樣子，一般的文章之中，通常會大量使用「複文」。（當然，也會使用「單文」。）

從下一節開始，將逐一介紹「複文」的種類。

今天早上，吃了哥哥買回來的三明治。哥哥是社會人士，我是大學生。因為今天早上很晚起床，所以去大學差點遲到。我不擅長早上很早起床。我有個念護理學校的妹妹。妹妹會搭哥哥的汽車去學校。我不是社會人士，所以買不起車。如果有錢的話，我想買汽車。媽媽對我說快點做準備。爸爸因為要參加會議，從上星期開始就去東京出差了。我不知道爸爸什麼時候回來。

第二節　複文

彙整：「單文」和「複文」的差異

經過上一節的說明，大家應該已經知道「單文」和「複文」的差異了。

在這裡，再做一次整理：

	意　　義
單文	❶ 一個「文」（句子）之中，「述語（述部）」只有「一個」。 ❷「文」中的其他單語，全都和「唯一的述語（述部）」有關。
複文	❶ 一個「文」（句子）之中，「述語（述部）」有「複數個」。 ❷「文」中以「述語（述部）」為核心的區塊，有「複數個」。

「單文」和「複文」的文例解析

單文

1 　<u>私 は</u>　<u>パンを</u>　<u>全部</u>　<u>食べました。</u>（我把麵包全部吃了。）
　　　主題　　　補足語　[連用]修飾語　　述語

1 　屬於「單文」。

→「述語（述部）」只有「一個」。

→「文」中的其他單語，全都和「唯一的述語（述部）」有關。

　（如下頁圖示）

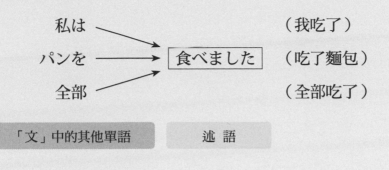

（我吃了）
（吃了麵包）
（全部吃了）

「文」中的其他單語　　述　語

複文

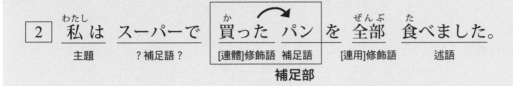

如果把 2 當成「單文」來思考，那麼「文」中所有的單語，應該都和
「唯一的述語」（食べました）有關。圖示應該如下：

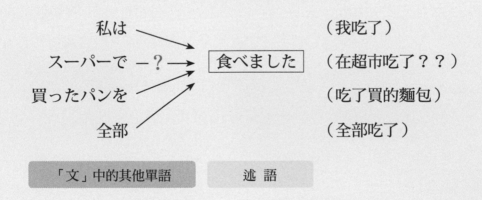

私は　　　　　　　　　　　　　（我吃了）
スーパーで −？→　食べました　（在超市吃了？？）
買ったパンを　　　　　　　　　（吃了買的麵包）
全部　　　　　　　　　　　　　（全部吃了）

「文」中的其他單語　　述　語

如果真的是「在超市裡面吃了麵包」，當然可以說 2 是「單文」。

但是，如果從常理來思考：

● 「スーパーで」應該不是「食べました」的「動作進行地點」。

→ 所以應該和「食べました」無關。

● 「スーパーで」應該是「買った」的「動作進行地點」比較合理。

→ 應該和「買った」有關。

*「買った」和「パン」形成「補足部」，請參照【第一章/第三節/1 結合「修飾語」形成的「～部」】（P060）。

既然「スーパーで」應該是「買った」的「動作進行地點」。
也就是說，「スーパーで」和「買った」，應該還存在著一個「補足語」
和「述語」的關係。

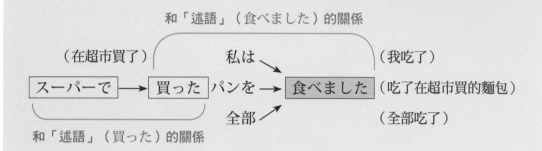

如同上方圖示：

「文」中以「述語（述部）」為核心的區塊，有「複數個」。

這樣的「文」，就稱為「複文」。

「複文」的「述語」不只一個，哪一個比較重要？

那麼，上方「複文」的兩個述語 ——「買った」和「食べました」，
哪一個比較重要呢？

根據文意來判斷，當然是「食べました」比較重要。請看下方說明。

*「單文」「複文」相關說明，請一併參照【第一章/第一節/3「節」和「文」】（P032）。

「複文」的「從屬節」

在本書【第一章/第一節/3「節」和「文」】（P032）曾經說明：

- 「複文」才有「節」。

- 在「複文」裡，「節」的概念會變得非常重要。

請再看一次所舉例的「複文」：

2　私はスーパーで買ったパンを全部食べました。

（我把在超市買的麵包全部吃掉了。）

日語文法中，這樣的「複文」有「主節」和「從屬節」的分別：

從屬節	スーパーで買った	
主節	私は	パンを全部食べました。

「主節」是指：「複文」的「主要述語（述部）」所存在的「節」。

「從屬節」因為性質不同，還可以分為「名詞節」「引用節」「疑問節」「副詞節」「連體節」。

接下來，將依序介紹各種「節」。

注意

還有一種節，稱為「並立節」。由於「並立節」和「主節」屬於「對等」的立場，所以不稱為「從屬節」。

介紹五種「從屬節」之後，也會說明「並立節」。

1 名詞節

> ## 什麼是「名詞節」？

【第二章/第三節】（P234）所介紹的：「用言」的「名詞化」用法，就如同下方所示：

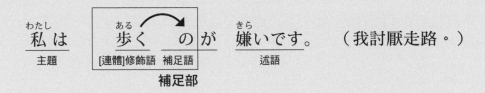

私 は 〔歩く のが 嫌いです。 （我討厭走路。）

| 說明 | 〔歩く〕作為「連體修飾語」，修飾「形式名詞」〔の〕。

那麼，下方的例文又如何呢？

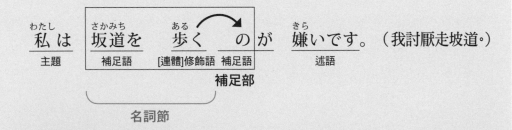

私 は 坂道を 歩く のが 嫌いです。（我討厭走坡道。）

| 說明 |

- 〔坂道を〕並非「述語」〔嫌いです〕的「補足語」，
  而是「述語」〔歩く〕的「補足語」。

- 也就是說，這是由「主節」和「從屬節」構成的「複文」：

  主　節 ──〔私は歩くのが嫌いです〕

  從屬節 ──〔坂道を歩く〕

*「修飾語」和「補足語」形成「補足部」，請參照【第一章/第三節/1 結合「修飾語」形成的「～部」】（P060）。

「名詞節」的定義

像上方的例文這樣：

<u>從屬於使用了「形式名詞」的「主節」的「節」，就稱為「名詞節」。</u>

例文中的「坂道を歩く」，就是「名詞節」。

圖示說明「主節」和「名詞節」

　　　　 表示：和〔主節〕的「述語」有關的部分

　　　　 表示：和〔名詞節〕的「述語」有關的部分

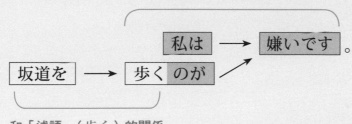

再看一個例子：

前面（P263）合併「單文」成為「複文」的例文（D）也是「名詞節」，
透過圖示呈現如下（底線的部分是「名詞節」）：

（D）私は朝早く起きるのが苦手です。（我不擅長早上很早起床。）

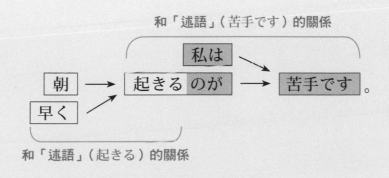

「名詞節」的文例說明

〔主題部〕是〔名詞節〕 （⌒➜ 表示修飾關係）

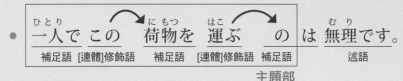

- 一人で この 荷物を 運ぶ の は 無理です。
  補足語 [連體]修飾語 補足語 [連體]修飾語 補足語 　　　 述語
  　　　　　　　　　　主題部

（一個人搬這件行李，是不可能的。）

*主 節…〔運ぶのは無理です〕。使用了「形式名詞」〔の〕。

*名詞節…〔一人でこの荷物を運ぶ〕。

*助詞「は」提示出〔一人でこの荷物を運ぶの〕是「文」的「主題部」。

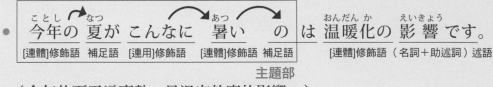

- 今年の 夏が こんなに 暑い の は 温暖化の 影響 です。
  [連體]修飾語 補足語 [連用]修飾語 [連體]修飾語 補足語 　　　 [連體]修飾語（名詞＋助述詞）述語
  　　　　　　　　　　　主題部

（今年的夏天這麼熱，是溫室效應的影響。）

*主 節…〔暑いのは温暖化の影響です〕。使用了「形式名詞」〔の〕。

*名詞節…〔今年の夏がこんなに暑い〕。

*助詞「は」提示出〔今年の夏がこんなに暑いの〕是「文」的「主題部」。

〔補足部〕是〔名詞節〕 （⌒➜ 表示修飾關係）

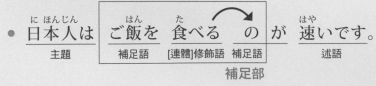

- 日本人は ご飯を 食べる の が 速いです。
  主題 　　 補足語 [連體]修飾語 補足語 　　述語
  　　　　　　　　補足部

（日本人吃飯很快。）

*主 節…〔日本人は食べるのが速いです〕。使用了「形式名詞」〔の〕。

*名詞節…〔ご飯を食べる〕。

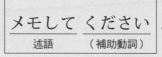

・<u>私 が</u> <u>言った</u> <u>こと</u>を <u>ちゃんと</u> <u>メモして</u> <u>ください</u>。
　補足語　[連體]修飾語　補足語　　[連用]修飾語　　述語　（補助動詞）
　　　　　　　　　補足部　　　　　　　　　　　　　　　　述部

（請把我說過的話，好好地做筆記寫下來。）

＊主 節…〔言ったことをちゃんとメモしてください〕。使用了「形式名詞」〔こと〕。

＊名詞節…〔私が言った〕。

〔述部〕是〔名詞節〕　　（　　表示修飾關係）

・<u>将 来の 夢</u>は <u>大きな 会社の 社長に なる こと です</u>。
　[連體]修飾語　主題　　[連體]修飾語　[連體]修飾語　　補足語　[連體]修飾語（形式名詞）（助述詞）
　　　主題部　　　　　　　　　　　　　　　　　　　　　　　　　　　　　　述部

（將來的夢想，是成為大公司的社長。）

＊主 節…〔将来の夢はなることです〕。使用了「形式名詞」〔こと〕。

＊名詞節…〔大きな会社の社長になる〕。

＊「名詞節」（相當於名詞）搭配「助述詞」〔です〕，形成「述部」。

・<u>趣味</u>は <u>クラシック音楽を</u> <u>聴く こと です</u>。
　主題　　　　補足語　　　[連體]修飾語（形式名詞）（助述詞）
　　　　　　　　　　　　　　　　　　　　　　　　　　述部

（興趣是聽古典音樂。）

＊主 節…〔趣味は聴くことです〕。使用了「形式名詞」〔こと〕。

＊名詞節…〔クラシック音楽を聴く〕。

＊「名詞節」（相當於名詞）搭配「助述詞」〔です〕，形成「述部」。

2 引用節

什麼是「引用節」?

要把「他人的發言」或「自己的思考內容」放入「文」中時,會使用「引用」的形式。並且,使用表示「引用」的助詞「と」。

如果「引用的內容」,包含「以述語(述部)為核心的區塊」,「引用的內容」就稱為「引用節」。

> ## 「引用節」的文例說明

下方以具體文例說明「引用節」。

と:表示「引用的助詞」　　□:表示「引用的內容」(引用節)

引用〔他人的發言〕

1　彼女は｜寂しい｜とつぶやいた。

　　(她嘟嚷說:｜很寂寞｜。)

* 主　節…〔彼女はつぶやいた〕。
* 引用節…〔寂しい〕。

2　母は｜今晩は料理を作らない｜と言いました。

　　(媽媽說:｜今晚不做飯｜。)

* 主　節…〔母は言いました〕。
* 引用節…〔今晩は料理を作らない〕。

3　私は日本経済は２０２０年のオリンピックまでは好景気が続くと思います。

（我認為：日本的經濟到 2020 年的奧運為止，都會持續好景氣。）

* 主　節…〔私は思います〕。
* 引用節…〔日本経済は2020年のオリンピックまでは好景気が続く〕。

引用〔表記的內容〕

4　あそこに駐車禁止と書いてあります。

（那裡寫著：禁止停車。）

* 主　節…〔あそこに書いてあります〕。
* 引用節…〔駐車禁止〕。

4”あそこに車を止めないでくださいと書いてあります。

（那裡寫著：請不要停車。）

* 主　節…〔あそこに書いてあります〕。
* 引用節…〔車を止めないでください〕。

説明　當看到上圖這樣的標誌時：

● 可以使用 4 ：直接引用標誌上所寫的文字——〔駐車禁止〕。

● 也能使用 4 ”：傳達「相同的訊息」，只是「改變說法」——〔車を止めないでください〕。

5 あそこに 携帯電話の電源を切れ と書いてあります。
　（那裡寫著：把手機的電源關掉。）

＊主　節…〔あそこに書いてあります〕。
＊引用節…〔携帯電話の電源を切れ〕。

説明

像例文 5 這樣，為了做說明，而在「引用的內容」使用了「命令形」
（切れ）。這時候，並不會給人嚴厲的感覺。

「命令形」或「禁止形」會給人嚴厲的感覺，只有「直接面對談話對象
使用」的時候。

「引用節」和「述語（述部）」的前後關係

「引用節」的內容：

• 可以「和述語（述部）的動作或狀態」→〔同　時〕。

• 或者「和述語（述部）的動作或狀態」→〔不同時〕。

如下說明：

　　　　表示：〔引用節〕

　　　　表示：〔主節〕的「述語」

〔引用節〕的發言，和述語〔同時〕

犯人は もう二度としませんから、許してください と泣いて 謝った 。

（犯人哭著 道歉 說： 不會再做第二次了，所以請原諒我 。）

* 主　節…〔犯人は泣いて謝った〕。
* 引用節…〔もう二度としませんから、許してください〕。
* 〔引用節〕的發言，和〔主節〕的「述語」（謝った）同時。

〔引用節〕的發言，和述語〔不同時〕

上司は いったいどうしてこんなことになったんだろう と首を かしげた 。

（上司 歪 頭說： 到底為什麼會變成這樣呢？ ）

* 主　節…〔上司は首をかしげた〕。
* 引用節…〔いったいどうしてこんなことになったんだろう〕。
* 〔引用節〕的發言，和〔主節〕的「述語」（かしげた）不同時。

3 疑問節

什麼是「疑問節」?

要把「整個疑問文」當成「補足部」使用時,就會使用「疑問節」。

「疑問節」的文例說明

下方以具體文例說明「補足語」「補足部」「疑問節」。

〔補足語〕文例

でん わ ばんごう
電話番号を　知っていますか。
　補足語　　　　　述語

(知道電話號碼嗎?)

〔補足部〕文例

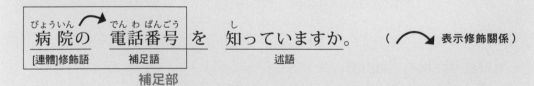

びょういん　 でん わ ばんごう　　　し
病 院の　電話番号　を　知っていますか。　（　　　　表示修飾關係）
[連體]修飾語　補足語　　　　　　述語
　　　補足部

(知道醫院的電話號碼嗎?)

*「修飾語」和「補足語」形成「補足部」,請參照【第一章/第三節/1 結合「修飾語」形成的「~部」】(P060)。
*「病院の電話番号」的「の」屬於「連體修飾」的「の」(請參照【第一章/第四節/10 助詞:〔3〕の的用法】P114),所以「病院の」屬於「修飾語」。

〔疑問節〕文例

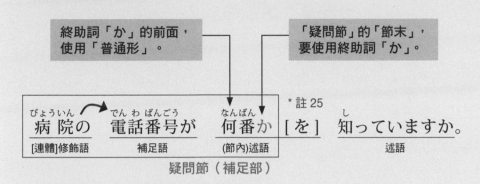

終助詞「か」的前面，使用「普通形」。

「疑問節」的「節末」，要使用終助詞「か」。

病 院の　電話番号が　何番か　[を]　知っていますか。

[連體]修飾語　　補足語　　(節內)述語　　　　　　　述語

疑問節（補足部）

* 註 25

（知道醫院的電話號碼是幾號嗎？）

說明

● 「疑問節」的「節末」，和「疑問文」一樣，要使用終助詞「か」。

● 終助詞「か」的前面，不使用「丁寧形」，要使用「普通形」。
「名詞」和「な形容詞」的「現在肯定形普通形」，原則上會省略「だ」。

※ 請參照【第二章/第三節】（P230）

※ 請參照【第二章/第四節 * 註 23】（P243）

→ 名詞〔何番〕的「現在肯定形普通形」→〔何番〕。

*「終助詞」請參照【第一章/第四節/10 助詞：〔13〕か 的用法】（P154）。

注意

目前為止所介紹的「名詞節」「引用節」「疑問節」，由於具有「補足部」的功能，所以也可以稱為「補足節」。

-----

*註 25

「疑問節」在「文」中被當成「補足部」使用時，形成「補足部」的助詞「を」或「が」等，可以省略。

-----

4 副詞節（連用節）

什麼是「副詞節」？

前面介紹過，「副詞」主要用來「修飾用言」（動詞・い形容詞・な形容詞）。

而「副詞節」的功能和「副詞」相同：

「在用言之前、並修飾用言」的「連用修飾」的「節」，就稱為「副詞節」。

由於功能是「連用修飾」，因此也被稱為「連用節」。

「副詞節」的文例說明

以具體文例說明「副詞節」的功能及用法。

⬜ 表示：〔副詞節〕＝【修飾方】

⬛ 表示：〔主節〕的「述語（述部）」＝【被修飾方】

表示：理由

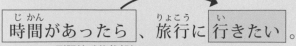

日本のドラマを見たいから 、日本語を 勉強 しています 。

副詞節（修飾部）

（因為想看日劇，所以正在學習日語。）

表示：條件

時間があったら 、旅行に 行きたい 。

副詞節（修飾部）

（如果有時間的話，想要去旅行。）

表示：附帶狀況

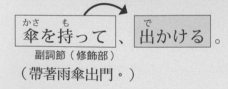

傘を持って 、 出かける 。

副詞節（修飾部）

（帶著雨傘出門。）

＊「連體修飾」「連用修飾」請參照【第一章/第二節/3 修飾語】（P044）。

＊「副詞」請參照【第一章/第四節/5 副詞】（P082）。

表示：目的

しょうらいじぶん みせ も
将来自分の店を持つために、お金を貯めています。
かね た
副詞節（修飾部）

（為了將來擁有自己的店，正在存錢。）

表示：樣態

わたし せつめい
私が説明したとおりに、パソコンのキーを押してください。
お
副詞節（修飾部）

（請照著我所說明的，按電腦的按鍵。）

表示：時間

きょう よ あ
今日は夜が明けるまで飲もう。
の
副詞節（修飾部）

（今天就喝到天亮為止吧。）

表示：時間的相關關係

ひ しず
日が沈むにつれて、辺りは暗くなっていった。
あた くら
副詞節（修飾部）

（隨著日落，周遭變得越來越暗。）

表示：逆接

あめ ふ
雨が降っていたが、彼は山登りに出かけた。
かれ やまのぼ で
副詞節（修飾部）

（雖然當時下著雨，他還是出門爬山了。）

總結：副詞節

如上面所介紹的，**功能和「副詞」相同的「節」，就是「副詞節」**。

具「修飾功能」的「副詞節」，是「數個文節的組合」，因此形成「修飾部」。

*「文節」請參照【第一章/第一節/2 文節】（P028）。

5 連體節

什麼是「連體節」？

「動詞」「い形容詞」「な形容詞」「名詞」以及「連體詞」，都可以修飾「名詞」。
除了上述「品詞」之外，「連體節」同樣具有「修飾名詞」的功能：
「在體言之前、並修飾體言」的「連體修飾」的「節」，就稱為「連體節」。

[連體]修飾語・連體節　的文例說明

以具體文例（1）～（10），說明「[連體]修飾語」及「連體節」：

- （1）～（5）：〔品　詞〕作為「[連體]修飾語」修飾「名詞」。
- （6）～（10）：〔連體節〕修飾「名詞」，〔連體節〕為「修飾部」。

☐☐☐☐ 表示：〔[連體]修飾語〕或〔連體節〕＝【修飾方】

▨▨▨▨ 表示：被修飾的名詞＝【被修飾方】

〔動詞〕修飾〔名詞〕

（1） 使った コップ は洗っておいてください。
　　　つか　　　　　　　　あら
　　　動詞

　　（請清洗 使用過的 杯子。）

〔い形容詞〕修飾〔名詞〕

（2） おいしい 料理 が食べたいです。
　　　　　　　りょうり　　た
　　　い形容詞

　　（想吃 好吃的 料理。）

〔な形容詞〕修飾〔名詞〕

（3）私は 静かな 所 に住んでいます。
　　　　　　　な形容詞

　　　（我住在 安靜的 地方。）

〔名詞〕修飾〔名詞〕

（4）それは 日本 の カメラ です。
　　　　　　　名詞

　　　（那是 日本的 相機。）

*「日本のカメラ」的「の」屬於「連體修飾」的「の」，
　請參照【第一章/第四節/10 助詞：〔3〕の 的用法】（P114）。

〔連體詞〕修飾〔名詞〕

（5）小さな 犬 を飼っています。
　　　連體詞

　　　（飼養著 小 狗。）

〔連體節〕修飾〔名詞〕

（6）三年前、京都で撮った 写真 です。
　　　　　　　連體節（修飾部）

　　　（是 三年前在京都拍攝的 照片。）

（7）いつも 私 を励ましてくれる 伊原先生 を尊敬しています。
　　　　　　　連體節（修飾部）

　　　（我很尊敬 總是鼓勵我的 伊原老師。）

（8）　魚を焼いている | 匂い がします。
　　　　　　　連體節（修飾部）

　　　（聞到 正在烤魚的 | 味道 。）

（9）　この金属は、熱によって 形 が元に戻る [という] 性質 を持っています。
　　　　　　　　　　　　　　連體節（修飾部）

　　　（這個金屬具有 遇熱就恢復原狀的 [這種] 性質 。）

（10）　訪日外国人が去年２千万人を突破した という 記事 を読んだ。
　　　　　　　　　　　　　　連體節（修飾部）

　　　（讀了 去日本的外國人去年突破了兩千萬人的 | 報導 。）

前面所介紹的例文（6）～（10），根據「連體節」的功能，還可以做更細微的分類。

首先，說明例文（6）和（7）：

（6）　三年前、京都で撮った 写真 です。
　　　　　　　連體節（修飾部）

　　　（是 三年前在京都拍攝的 | 照片 。）

（7）　いつも 私 を励ましてくれる 伊原先生 を尊敬しています。
　　　　　　　　　　　連體節（修飾部）

　　　（我很尊敬 總是鼓勵我的 | 伊原老師 。）

如果將（6）（7）的〔被修飾的名詞〕和〔連體節內的述語〕提出來：

（6）　写真　　撮った　⇒　写真を　撮った
　　被修飾的名詞　　連體節內的述語　　　補足語　　述語
　　（照片）　　（拍攝了）　　　（拍攝了照片）

（7）伊原先生　励ましてくれる　⇒　伊原先生が　励ましてくれる
　　被修飾的名詞　連體節內的述語　　　　補足語　　　述語
　　（伊原老師）　（給我鼓勵）　　　（伊原老師給我鼓勵）

可以發現例文（6）（7）：

〔被修飾的名詞〕和〔連體節內的述語〕是「補足語」和「述語」關係。

像這樣的「連體節」，就稱為「關係節」。

「連體節」的「補充節」

有時候，「連體節」所修飾的「名詞」，可以被省略。

像這樣的「連體節」，就稱為「補充節」。例如：

- お酒を飲んだ [日の] 翌日にいつも 頭 が痛くなる。
　　　　連體節（修飾部）

（ 喝了酒的 〔那天的〕隔天，總是會頭痛。）

- 今、 私 たちが立っている [場所の] 下で地下街の工事が進められています。
　　　　　　連體節（修飾部）

（ 現在我們所站的 〔地方的〕下面，正在進行地下街的工程。）

我們再看一次例文（8）（9）（10）：

（8）魚を焼いている｜匂いがします。
連體節（修飾部）

（聞到｜正在烤魚的｜味道。）

（9）この金属は、熱によって形が元に戻る [という]｜性質を持っています。
連體節（修飾部）

（這個金屬具有｜遇熱就恢復原狀的｜[這種] 性質。）

（10）訪日外国人が去年２千万人を突破した という｜記事を読んだ。
連體節（修飾部）

（讀了｜去日本的外國人去年突破了兩千萬人的｜報導。）

如果將（8）（9）（10）〔被修飾的名詞〕和〔連體節內的述語〕提出來：

（8）　匂い　　焼いている　⇒ 匂い（×を、×が、…× 其他格助詞）焼いている
　　被修飾的名詞　連體節內的述語
　　（味道）　　（正在烤）

（9）　性質　　戻る　⇒ 性質（×を、×が、…× 其他格助詞）戻る
　　被修飾的名詞　連體節內的述語
　　（性質）　　（恢復）

（10）　記事　　突破した　⇒ 記事（×を、×が、…× 其他格助詞）突破した
　　被修飾的名詞　連體節內的述語
　　（報導）　　（突破了）

可以發現例文（8）（9）（10）：

〔被修飾的名詞〕和〔連體節內的述語〕不是「補足語」和「述語」關係。

〔連體節的內容〕＝〔被修飾的名詞的具體內容〕。

像這樣的「連體節」，就稱為「內容節」。

「內容節」的「という」

有些「內容節」的句子，會在「被修飾的名詞之前」加上「という」。

這個『という』是由：

- 表示「引用」的『と』
- 結合為了「接續名詞」而加上的「形式上的動詞」『いう』形成的

透過例文（8）（9）（10），要針對「內容節」的「という」，做更進一步的說明：

- 如同例文（8）：

表達「知覺」（視覺、聽覺、嗅覺等）的「內容節」，不需要「という」。

- 如同例文（10）：

表達「言語情報」（報導、發言、思考內容等）的「內容節」，需要「という」。

- 如同例文（9）：

不是「知覺」和「言語情報」的「內容節」，有沒有「という」都可以。

6 並立節

主節・從屬節・並立節

日語「文」中的「節」，可以區分為「主節」「從屬節」「並立節」三大類。

前面所介紹的「名詞節」「引用節」「疑問節」「副詞節（連用節）」「連體節」，都是「從屬於主節」的「從屬節」。

開始介紹「並立節」之前，先將「從屬節」做一個彙整。

彙整：「從屬節」的文例說明

一個「文」有「主節」和「從屬節」時，最重要的述語，還是「主節的述語」。

	表示：〔從屬節〕
藍色字	表示：〔從屬節〕的「述語」
	表示：〔主節〕的「述語」，是〔複文〕最重要的「述語」。

〔從屬節〕是〔名詞節〕

<ruby>友達<rt>ともだち</rt></ruby>とおしゃべりするの が <ruby>好<rt>す</rt></ruby>きです 。
　　　　　　　　　　　　補足部

（喜歡和朋友聊天。）

* 主　節 … 〔（私は）おしゃべりするのが好きです〕。使用了「形式名詞」〔の〕。
* 名詞節 … 〔友達とおしゃべりする〕。
* 這個「複文」省略了表示「主題」的「私は」。

〔從屬節〕是〔引用節〕

先生が ｜明日漢字のテストをする｜ と ｜言っていました｜。
　　　　　　　　　　　　　引用節

（老師說：明天要考漢字測驗。）

* 主　節…〔先生が言っていました〕。
* 引用節…〔明日漢字のテストをする〕。表示「引用他人的發言」。

〔從屬節〕是〔疑問節〕

｜台風１８号がいつ九州に上陸するか｜ ｜知っていますか｜。
　　　　　　　　　疑問節（補足部）

（你知道 18 號颱風什麼時候會在九州登陸嗎？）

* 主　節…〔（あなたは）知っていますか〕。
* 疑問節…〔台風１８号がいつ九州に上陸するか〕。
* 這個「複文」省略了表示「主題」的「あなたは」。
* 「知っていますか」的前面，省略了「補足部」的助詞「を」。

〔從屬節〕是〔副詞節〕

｜機会があったら｜一緒に食事でも｜しませんか｜。
副詞節（修飾部）

（有機會的話，要不要一起吃飯？）

* 主　節…〔一緒に食事でもしませんか〕。
* 副詞節…〔機会があったら〕。表示「條件」，修飾「しませんか」。

〔從屬節〕是〔連體節〕

｜友達に借りた｜傘を｜なくしました｜。
連體節（修飾部）

（把向朋友借的傘弄丟了。）

什麼是「並立節」？

<u>「並立節」和「主節」屬於「對等」立場，並非從屬關係，重要性不分上下。</u>
<u>即使把「並立節」和「主節」互換，「文」的意思也不會改變。</u>

「並立節」的文例說明

　　　　□　　　表示：〔並立節〕

　　　　■　　　表示：〔主節〕的「述語」，是〔複文〕最重要的「述語」。

（1）

太郎はケーキを買いに行って、花子はテーブルの上を 片付けました 。

= 花子はテーブルの上を片付けて、太郎はケーキを買いに 行きました 。

（太郎去買蛋糕，花子收拾了桌面。）

=（花子收拾了桌面，太郎去買蛋糕。）

＊〔並立節〕和〔主節〕互換，「文」的意思不會改變。

（2）

休みの日は 家でインターネットしたり 、近くの公園を 散歩したりします 。

= 休みの日は 近くの公園を散歩したり 、家で インターネットしたりします 。

（假日時，會在家裡上網，或在附近的公園散步。）

=（假日時，會在附近的公園散步，或在家裡上網。）

＊〔並立節〕和〔主節〕<u>互換</u>，「文」的意思不會改變。

（3）

歌を歌いながら ピアノを 弾くことができます。

＝ ピアノを弾きながら 歌を 歌うことができます。

（可以一邊唱歌，一邊彈鋼琴。）

＝（可以一邊彈鋼琴，一邊唱歌。）

* 〔並立節〕和〔主節〕互換，「文」的意思不會改變。

注意 使用「ながら」的時候

如上方例文（3），使用「～ながら」的時候：

- 如果「兩個動作」的重要性「對等、不相上下」：
  ⇒ 使用〔主節〕和〔並立節〕
  兩者可以互換。

- 如果「兩個動作」有「主要動作」和「附帶動作」的分別：
  ⇒ 主要動作 ──〔主節〕
  ⇒ 附帶動作 ──〔從屬節〕（＝副詞節）
  兩者不可以互換。

詳細請看下頁例文說明：

表示：〔從屬節〕（＝副詞節）

表示：〔主節〕的「述語」，是〔複文〕最重要的「述語」。

〔附帶動作〕 〔主要動作〕

〔從屬節〕（＝副詞節） 〔主節〕

ガムを噛（か）みながら 授業（じゅぎょう）を 受（う）けてはいけません 。

＊「副詞節」表示「同時進行的附帶狀況」，修飾「受けてはいけません」。

（不可以一邊上課，一邊吃口香糖。）

⇒ ✕ 授業（じゅぎょう）を受（う）けながら、ガムを噛（か）んではいけません。

説明

有「主要動作」和「附帶動作」的分別時：
⇒〔主節〕和〔從屬節〕不可以互換。

練習判斷「複文的節」

到這裡為止，介紹了各種結構的「複文」。

最後，我們再來看看「P262-263」合併「單文」後的「複文」（A）～（K）。
試著判斷看看，這些「複文」，分別屬於哪一種「節」。

▢（灰） 表示：〔主節〕的「述語」，是〔複文〕最重要的「述語」。
▢ 表示：〔從屬節〕的「述語」。

（A）今朝（けさ）は兄（あに）が 買（か）ってきた サンドイッチを 食（た）べました 。·····················連體節

（B）兄（あに）は 社会人（しゃかいじん）で 、私（わたし）は 大学生（だいがくせい）です 。·····························並立節

（C）今朝遅く 起きたので 、大学に 遅刻しそうです 。 ………………………………………… 副詞節

（D）私 は朝早く 起きるの が 苦手です 。 ……………………………………………………… 名詞節

（E）私 には看護学校に 通っている 妹 が います 。 …………………………………… 連體節

（F）妹 は兄の 車 に 乗って 、学校へ 行きます 。 ……………………………… 副詞節

（G）私 は 社会人じゃありませんから 、車 が 買えません 。 ……………… 副詞節

（H）もし、お金が あれば 、車 を 買いたいです 。 ………………………………… 副詞節

（I）母は 私 に 早く 準備しなさい と 言いました 。 …………………………… 引用節

（J）父は会議に 出 席するために 、先 週 から東 京 へ 出 張 しています 。 …… 副詞節

（K）父 がいつ 帰ってくるか 、 わかりません 。 ………………………………… 疑問節

解説

（A）連體節〔兄が買ってきた〕修飾體言（名詞）〔サンドイッチ〕。

（B）並立節〔兄は社会人で〕，主節〔私は大学生です〕。

（C）副詞節〔今朝遅く起きたので〕表示「理由」，修飾述部〔遅刻しそうです〕。

（D）名詞節〔朝早く起きる〕。

（E）連體節〔看護学校に通っている〕修飾體言（名詞）〔妹〕。

（F）副詞節〔兄の車に乗って〕表示「附帶狀況」，修飾述語〔行きます〕。

（G）副詞節〔社会人じゃありませんから〕表示「理由」，修飾述語〔買えません〕。

（H）副詞節〔もし、お金があれば〕表示「條件」，修飾述部〔買いたいです〕。

（I）引用節〔早く準備しなさい〕表示〔言いました〕的內容。

（J）副詞節〔会議に出席するために〕表示「目的」，修飾述部〔出張しています〕。

（K）疑問節〔父がいつ帰ってくるか〕。

大家學日語系列 13

大家學標準日本語：日語結構解密

初版 1 刷　2017 年 9 月 15 日
初版 18 刷　2024 年 7 月 16 日

作者	出口仁
封面設計	陳文德
版型設計	洪素貞
責任主編	黃冠禎
社長・總編輯	何聖心

發行人	江媛珍
出版發行	檸檬樹國際書版有限公司
	lemontree@treebooks.com.tw
	電話：02-29271121　傳真：02-29272336
	地址：新北市235中和區中安街80號3樓
法律顧問	第一國際法律事務所 余淑杏律師
	北辰著作權事務所 蕭雄淋律師

全球總經銷	知遠文化事業有限公司
	電話：02-26648800　傳真：02-26648801
	地址：新北市222深坑區北深路三段155巷25號5樓

港澳地區經銷	和平圖書有限公司
	電話：852-28046687　傳真：850-28046409
	地址：香港柴灣嘉業街12號百樂門大廈17樓

定價	台幣399元／港幣133元
劃撥帳號	戶名：19726702・檸檬樹國際書版有限公司
	・單次購書金額未達400元，請另付60元郵資
	・ATM・劃撥購書需7-10個工作天

大家學標準日本語：日語結構解密 / 出口仁著.
-- 初版. -- 新北市：檸檬樹, 2017.09
面；　公分. -- (大家學日語系列；13)
ISBN 978-986-94387-1-1 (平裝)

1.日語　2.語法

803.16　　　　　　　　　　　　　106010422

檸檬樹

檸檬樹